바바리안

퀘스트

바바리안 퀘스트 3

백수귀족 판타지 장편소설

초판 1쇄 찍은 날 | 2018년 6월 7일
초판 1쇄 펴낸 날 | 2018년 6월 15일

지은이 | 백수귀족
펴낸이 | 예경원

기획 | 위시북스
편집책임 | 이규재
편집 | 이즈플러스

펴낸곳 | 예원북스
등록번호 | 제396-2012-000132호
등록일자 | 2012. 7. 25
KFN | 제1-269호

주소 | 경기도 고양시 일산동구 호수로 646-24 위너스21 II 빌딩 206A호 (우)10401
전화 | 031-819-9431 팩스 | 031-817-9432
E-mail | yewonbooks@naver.com

ISBN 979-11-6098-981-6 04810
　　　979-11-6098-950-2 (set)

백수귀족 판타지 장편소설

WISHBOOKS FANTASY STORY

바바리안 ③ 퀘스트

Wish
Books

CONTENTS

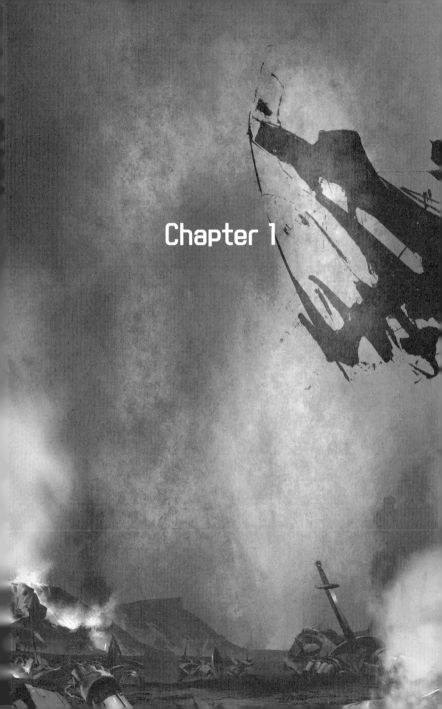

Chapter 1

"후읍!"

바크만의 창끝이 흔들렸다. 어느 쪽으로 뻗어 나갈지 가늠이 가지 않는다. 검투사 시절에 배운 일대일 요령이었다.

촤륵.

바크만이 창을 휘두르듯 뻗었다. 도노반은 몸을 비틀어 창을 피하며 안으로 파고들었다.

'바크만의 머리를 쪼갠다.'

도노반은 진심으로 바크만을 죽일 생각이었다. 살기가 담긴 강격을 내리꽂았다.

키잉!

바크만이 창대의 뒷부분으로 도노반의 칼을 쳐 냈다.

"오오!"

주변에서 용병들이 소리를 질렀다.

'예상외로 바크만의 실력이 좋군. 창대의 원심력을 이용해 공격하는 힘을 방어까지 유연하게 이었다.'

스벤은 방금 일격으로 바크만이 중상을 입을 거라 예상했지만, 바크만은 무사히 방어에 성공했다.

'수준 높은 한 수였어.'

바크만은 스스로 해내고도 놀랐다. 검투사 시절보다 실력이 나아진 걸 느꼈다. 그간 일대일 대결을 할 일이 없어서 실력을 측정하지 못했을 뿐이었다.

'그간 적잖게 경험을 쌓긴 했지.'

창이 팔의 일부인 것처럼 느껴졌다. 창의 움직임이 자신의 통제 아래에 있다는 걸 확실히 느꼈다.

전사들은 가끔씩 싸움 도중에 한 단계를 뛰어넘기도 한다. 인간의 집중력과 학습력이 극한까지 올라가는 순간이 바로 생사의 갈림길이다.

'할 수 있다.'

바크만은 고양감을 느꼈다. 활력이 솟았다. 추락했던 자신감이 목구멍까지 차올랐다.

"와라, 도노반. 항문부터 입까지 꿰어서 오늘 저녁밥으로 구워주지."

자신감이 목소리로 뛰쳐나왔다.

"첫 일격을 잘 막은 정도로 아주 미쳐서 날뛰는구나, 바크만."

도노반이 칼을 양손으로 잡았다. 그가 중단 자세를 취했다.

'묵직한 안정감이로군. 역시 제국 군인 출신다워.'

스벤이 흥미롭게 대결을 지켜봤다. 제국 군인들은 정리된 교본에 따라 전투 기술을 배우는 족속들이다. 그 안정감과 범용성만큼은 월등히 뛰어났다.

캉!

도노반이 나아갔다. 바크만이 방어하듯 창을 휘둘렀다. 도노반이 연달아 창을 쳐 내며 안으로 접근했다.

'거리가 좁혀지면 당한다.'

바크만이 악을 쓰며 창을 휘둘렀다. 원심력이 붙은 창이 원하는 대로 움직이지 않았다. 창아일체라는 환상이 깨지고, 창이 낯설게 느껴졌다. 부풀어 오른 자신감이 순식간에 가라앉았다.

'더 땀을 흘린 자가 피를 적게 흘리는 법이지. 단련을 게을리한 바크만의 패배다.'

바크만이 밀리는 게 다른 용병들 눈에도 보였다.

'죽음이 내 등 뒤에 서 있다.'

바크만은 오싹하게 다가오는 어둠을 느꼈다. 다리가 떨리고, 손가락의 감각이 둔해진다.

'악연을 끝내자, 바크만.'

도노반이 칼을 상단으로 들었다. 크게 내려치는 일격이었다. 뻗었던 창을 회수해서 막기에는 늦었다.

쾅!

도노반과 바크만 사이로 원형방패 하나가 떨어졌다. 스벤이 던진 방패였다.

"무슨 짓이야! 영감탱이!"

도노반이 악을 쓰며 뒤를 돌아봤다. 스벤이 2층을 가리켰다.

"우리 대장이 깨어났다, 도노반."

2층에는 유릭이 서 있었다. 그는 벽에 기댄 채로 짜증스레 1층을 내려다봤다.

"야, 이 새끼들아. 네놈들이 하도 싸우는 통에 저승길도 가다가 돌아왔다."

유릭은 병마를 떨쳐 냈다.

어떻게 그가 다시 일어섰을까?

그저 강건한 체력 때문에 저절로 나았을 수도 있으며, 의사가 처방해 준 해열제 덕분일 수도 있다. 아니면 처음부터 별거 아닌 몸살이라고 치부해도 이상할 건 없다. 어쩌면 주니바가 만들어준 생명의 죽이 정말로 생명력을 돋워줬을지도 모른다.

어쨌든 유릭은 자신의 두 다리로 일어섰다. 그의 얼굴에 머물던 그늘이 사라졌다.

"후우우."

숨이 맑았다. 눈동자가 총명했다.

병에 시달렸던 순간들이 꿈처럼 흐릿하다. 꿈이었는지 현실이었는지 분간조차 가지 않았다.

끼익.

유릭이 문을 열고 나갔다.

유릭의 기척을 가장 먼저 알아챈 건 스벤이었다. 그가 1층에서 일어나는 싸움을 막았다.

'흠, 바크만과 도노반이 싸우고 있군.'

유릭은 1층을 보며 상황 파악을 끝냈다. 잠결에 들은 말들이 기억났다. 용병단은 새로운 대장을 뽑느라 바빴다.

"병을 이겨낸 건가?"

"유릭이 일어났어."

용병들의 소란 속에서 유릭이 내려왔다. 그가 탁자 위에 앉았다.

"무슨 일이 있었는지 잘 모르겠지만 내가 다시 일어난 이상 지금까지 일들은 다 무효야. 무기를 거둬, 둘 다."

유릭이 차분히 말했다. 그의 목소리에는 힘이 있었다.

'다 나았군. 목소리에 병색이 없어.'

도노반이 순순히 칼을 거뒀다. 유릭이 멀쩡하게 일어난 이상 싸울 생각은 없었다.

'살, 살았다.'

바크만은 애써 표정을 갈무리하며 속으로만 쾌재를 내질렀다.

"하, 다행이로군. 유릭이 깨어나다니."

"그래도 유릭만 한 대장은 없지."

"내심 불안했다고."

용병들이 떠들었다. 도노반도 용병들이 누굴 믿고 있는지 안다. 용병들이 가장 신뢰하고 믿는 자는 유릭이다. 유릭을 배반하고서는 용병들의 신뢰를 얻지 못한다.

유릭이 깨어나자마자 용병단은 다시 유릭의 것이 됐다.

"해가 중천이야. 싸움판 정리하고 출발할 준비를 해. 그리고 도노반, 잠시 이야기 좀 하지."

유릭이 빠르게 지시했다. 그는 다른 용병들에게 지금 상황을 전달받았다.

"평소에 루에게 기도를 열심히 했나 봐? 바크만. 기가 막힌 운이로군."

도노반이 칼을 거두며 바크만에게 말했다. 그는 유릭을 따라 뒷마당으로 갔다.

뒷마당에는 용병들이 없었다. 유릭과 도노반만 서 있었다.

"강한 자가 대장이 되는 건 당연하지. 내가 여기서 가장 강하기에 대장이 된 것처럼 말이야."

유릭이 굳은 몸을 풀며 말했다. 도노반은 은근히 칼에서 손을 떼지 않았다.

"이런 시기에 대장 자리를 공석으로 둘 순 없지. 그나저나 용케도 일어났군."

"내가 대장 짓을 하지 못하면 다음 용병대장은 너겠지. 당연한 수순이야. 이번 소란은 부대장을 확실히 정하지 않은 내 잘못이다. 출발하기 전에 용병들에게 확실히 공표하지. '유릭의 형제들' 부대장은 도노반, 너다."

도노반의 눈이 흔들렸다. 굉장한 제안이었다.

지금까지 용병단은 2인자의 위치가 애매했다. 바크만은 유릭의 측근이었고, 스벤은 독자적인 세력을 유지했으며, 도노반이 2인자가 되기에는 유릭과 적대적인 위치였다.

"선심이라도 쓰는 건가?"

유릭이 고개를 저었다. 그가 도끼를 빙글빙글 돌리고는 뒷마당 나무에 던졌다. 도끼가 정확히 박혔다. 막 회복된 몸인데도 날카로움이 금방 살아났다.

"아니, 조건을 내거는 거야. 내가 없으면 용병단은 네가 가져라. 대신에 형제의 목숨을 빼앗진 마. ……만약 내가 일어났을 때 바크만이 죽어 있었다면, 넌 내 손에 바로 뒈졌어."

유릭이 나무에 박힌 도끼를 뽑으며 말했다. 마지막 말에서 분노가 낮게 깔려 있었다.

"이 도노반을 협박하는 건가? 유릭."

도노반의 손가락이 까닥까닥 움직이며 칼자루를 건드렸다.

"협박이고 뭐고, 미리 말해두는 거다. 형제를 죽이려고 한 걸 봐주는 건 이번이 처음이자 마지막이다. 다음은 전사의 방식으로 끝내 버릴 테니까."

말을 마친 유릭이 숙소 안으로 들어갔다. 혼자 남은 도노반이 하늘을 보다가 웃었다.

"거참."

용병단은 출발 준비를 마쳤다. 그들은 여관 대절비를 마저 지불했다. 용병들은 각자 짐을 짊어졌다.

"유릭, 경비대원들이 찾아왔어."

도시의 경비대원들이 용병단을 찾아왔다. 용병들은 담담한 척하면서도 무기에 손을 가져가 댔다.

"하르마티 공작이 손을 쓴 건가?"

파헬이 경계하며 필리온에게 물었다. 필리온이 고개를 저었다.

"아무리 하르마티 공작이라도 국경 바깥까지 영향력이 있진 않습니다. 그저 검문하러 온 거겠죠. 차분하게 행동하면 아무 일이 없을 겁니다."

용병들은 각자 대기하며 경비대와 마주했다. 경비대가 용병대장을 찾아 눈을 흘겼다.

"유릭의 형제들. 용병대장 유릭은 어디에 있소?"

경비대원 중 하나가 말했다.

"내가 용병대장인데? 용무라도 있나? 도시 내에서 우리가 사고 친 건 없을 텐데."

유릭이 앞으로 나섰다.

"뱀교가 발그마에서 다시 활동하고 있다는 소문은 들었소? 사라진 아기가 한둘이 아니오."

"뱀교라면 애새끼 잡아서 제물로 바친다는 그놈들 아니야? 저번에 뱀 문신을 한 놈들 말하는 거 맞지?"

유릭이 뒤를 보며 말했다. 용병들이 뱀교에 대한 악담을 퍼부었다. 대륙을 통틀어 뱀교에 호의적인 종교나 민족은 드물다. 뱀교의 발상지인 남부에서조차 뱀교는 경멸받는 종교다.

"우리도 독실한 태양교 신자들이지. 북부인 이교도는 몇 명 있어도, 남부의 뱀교는 우리 용병단에 없어."

유릭이 자신의 태양 펜던트를 내밀며 말했다.

"개종한 야만인이었군. 훌륭한 판단이오. 유릭, 태양신 루
가 그대의 앞길을 비춰주길."

"댁도."

유릭이 짧게 대답했다. 경비대원이 용병들을 훑어봤다.

"어쨌든 대대적인 검문을 통해 뱀교의 잔당들을 이번에 잡
아냈소. 태양교 신자를 의심하고 싶진 않지만 검문에 예외는
있을 수 없으니⋯⋯."

경비대원이 눈을 흘겨 뜨며 말했다. 유릭이 용병들에게 신
호를 보냈다.

"검문을 받아. 빨리 뜨자고."

용병들이 상의를 벗었다. 뱀교의 독실한 신자들은 뱀 문신
을 어딘가에 한다. 남자라면 대개 상체에 했다.

"없는 것 같군. 실례했소. 좋은 여정이 되시오! 유릭!"

검문을 마친 경비대원들이 사라졌다. 그들도 바쁜 듯했다.

용병들은 줄을 서서 도시를 가로질렀다. 창문을 연 창녀들
이 용병들에게 손을 흔들며 젖가슴을 내보였다.

"가기 전에 한 번 더 오라고! 용병 아저씨들!"

"낮이니까 싸게 해줄게!"

그 말에 용병들의 마음이 동했다. 이번 도시를 떠나면 또

언제 도시에 도착할지 모른다. 길이 꼬이면 한참이나 사창가를 들르지도 못한다. 사창가도 어느 정도 번창한 영지에 가야 있다.

"유릭, 어떡할 거야? 너도 한번 가지? 그간 침대에만 누워 있었잖아."

바크만이 말했다.

"난 됐어. 갔다 올 놈만 빨리 해결하고 오라고 그래. 필리온 나리께서 빨리 출발하지 않는다고 단단히 삐친 모양이니까."

필리온이 불만을 터트렸지만, 거기에 신경 쓰는 용병은 없었다. 그들은 순서를 정해 재빨리 사창가에 들렀다.

"파헬, 내가 쓰러진 동안 내 병을 위해 이래저래 힘을 썼다고 들었어. 고맙군. 죽도 아주 맛있었어."

유릭이 말했다. 그는 파헬과 주니바를 떠올렸다. 파헬이 가져온 고기죽의 맛도 선명하게 기억이 났다. 병세 때문에 입맛이 없었지만, 그 죽만큼은 맛있게 먹었었다.

필리온과 일정을 검토하던 파헬이 고개를 들었다.

"별거 아니야. 내가 도움이 됐는지도 의문이고. 그 죽은 아마도 주니바에게 사기를 당한 것 같아. 나도 한 입 먹었는데 그냥 평범한 고기죽 맛이었어. 다음 날 네가 쾌차했는데 주니바가 남은 돈을 받으러 오지 않은 걸 보면…… 처음부터 선금만 받고 사기를 칠 생각이었던 거겠지."

파헬이 쓰게 웃었다. 주니바의 죽을 먹은 유릭이 다음 날 일어났다.

'하지만 그게 정말 그 죽의 힘인 것 같진 않았어.'

파헬은 여전히 의심이 떠나지 않았다.

'아마 죽을 먹지 않아도 유릭은 일어났을 거야.'

그저 평범한 고기죽이었다. 보양식으로는 효과가 있을지 몰라도, 약으로는 의미가 없었다.

용병들이 사창가에 들르는 동안, 남은 용병들이 광장을 서성였다.

웅성웅성.

광장에 사람들이 점점 많아졌다. 무슨 구경거리가 있는 것처럼 모여들었다. 사람들은 썩은 과채나 돌멩이 따위를 넣은 바구니를 들고 나왔다.

"무슨 일이지?"

짐가방에 기대앉아 있던 용병들이 떠들어 댔다.

뎅, 뎅.

정오를 알리는 종소리가 들렸다. 태양이 가장 높게 뜨는 시간이었다.

"우우우우!"

"뒈져라! 더러운 사교도들아!"

사람들이 야유했다. 도시의 경비대가 죄수들을 광장 중앙까지 끌고 왔다.

"짐승만도 못한 새끼들!"

"어떻게 아기를 잡아먹을 수 있는 거냐!"

"네놈들은 인간도 아니야!"

죄수들이 광장으로 끌려 나왔다. 그들은 군중들이 던진 물건에 얻어맞았다.

"뱀교로군."

파헬이 킬리오스 위에 앉아서 광장을 바라봤다. 죄수들은 벌거벗은 몸이었다. 남자고 여자고 몸에는 뱀 문신이 있었다. 등을 크게 가로지른 문신도 있었으며, 교묘하게 숨긴 뱀 문신은 발바닥이나 목덜미 따위에 있었다.

"참수형이다!"

군중들이 열광했다. 칼을 든 사형집행인이 죄수들 앞에 섰다.

"어리석은 자들아! 우린 육체의 허물을 벗고 다음 생으로 가는 것이다! 뱀은 허물을 벗으며 불멸의 생명을 얻었다! 지금의 세계도 그저 한 꺼풀 벗기면 아무것도 아니거늘! 우리가 먼저 다음 세계로 가서 너희들을 기다리겠다!"

뱀교의 신자가 외쳤다. 그 말을 들은 군중들이 돌멩이를 마구잡이로 던져 댔다.

"그만! 그만! 그만 던지시오!"

경비대들이 군중을 제지했다. 사형 집행을 하기도 전에 죄수가 죽으면 곤란하다.

"파헬, 지금 저 말이 무슨 의미지? 다음 세계라고?"

누워서 하늘을 보던 유릭이 벌떡 일어나며 물었다.

"나도 뱀교의 교리는 잘 몰라. 놈들은 죽으면 다음 세계로 넘어갈 뿐이라고 믿고 있는 것 같더군. 지금의 육체에서 벗어나면 다른 세상에서 새로운 육체를 얻는다고. 그저 헛소리인 거지. 놈들의 영혼은 그 어디에서도 구원받지 못해."

파헬도 뱀교를 향한 경멸을 드러냈다.

"우와아아아아!"

군중들이 환호하며 소리를 질렀다. 뱀교의 신자들이 하나둘씩 앞으로 나왔다. 사교도의 목이 바닥에 떨어졌다. 사형집행은 대단한 구경거리였다.

남자 신도가 모두 죽었고, 다음은 여자 신도 차례였다. 여자 신도들의 뱀 문신은 잘 보이지 않는 곳에 있었다.

"음?"

유릭의 시력은 남들보다 좋았다. 그는 여자 신도들 중에서 낯익은 얼굴을 찾았다.

'주니바.'

풍성했던 주니바의 머리카락이 하나도 없었다. 그녀의 뱀 문신은 두피에 있었다. 머리카락을 깎아야만 보이는 문신이었다.

"으음."

유릭이 잠시 입을 막으며 생각했다. 조각난 기억들을 하나씩 끼워 맞췄다.

'아기를 제물로 바치는 뱀교의 치료사, 주니바. 그리고 때마침 내가 먹은 고기죽.'

유릭이 피식 웃으며 고개를 비틀었다. 윤곽이 어렴풋이 보였다. 사실이든 아니든 그게 중요하지 않았다. 진실은 주니바만이 알 터다.

'파헬.'

유릭이 킬리오스 위에 앉아 있는 파헬을 바라봤다. 파헬은 주니바가 죄수들 사이에 있다는 걸 아직 눈치채지 못했다.

"이봐, 파헬. 사람 목 잘리는 거 봐서 뭐 하게? 나랑 있으면 앞으로 실컷 볼 거야. 그나저나 마음이 바뀌었어. 나도 사창가 갈 건데, 어때? 같이 계집애 가슴이나 주무르자고."

유릭이 파헬을 거세게 잡아당겼다. 파헬이 휘청거리다 낙마할 뻔했지만 유릭이 잽싸게 떨어지는 파헬을 붙잡아 부축했다.

"뭐, 뭐 하는 거야! 낙마가 장난인 줄 알아? 머리부터 떨어지면 죽는다고!"

파헬이 소리를 버럭 질렀다. 심장이 크게 벌렁거렸다.

유릭이 웃음을 터트리며 파헬의 머리를 꾹 눌렀다. 투박한 손가락이 파헬의 머리카락을 흐트러트렸다.

유릭의 장난에 놀란 파헬은 사형 집행에 신경을 쓰지 못했다. 킬리오스 위에 올라가지 않으면 사형을 집행하는 게 보이지도 않았다.

군중의 환호성이 광기에 치달았다. 어느새 주니바의 목이 떨어질 차례가 됐다. 유릭은 키가 컸기에 군중들 사이에서도 눈에 띄었다.

시선을 느낀 유릭이 뒤를 힐끗 돌아봤다. 주니바와 눈이 마주쳤다.

'저 여자가 날 보고 있군.'

주니바가 엎드린 채로 머리만 세워서 유릭을 쳐다봤다. 그녀의 표정은 죽음을 앞둔 사람 같지 않았고 눈빛은 차분했다. 유릭은 저런 눈빛을 예전에도 본 적이 있었다.

'고트발.'

어쩐지 고트발이 생각났다. 유릭의 동공이 커졌다.

"어딜 처보는 거야? 숙여! 뱀과 붙어먹은 더러운 년!"

사형집행인이 주니바의 머리를 발로 꾹 눌렀다. 목덜미가 자르기 좋은 완만한 곡선을 그렸다.

뎅겅.

주니바의 머리가 바닥을 굴렀다. 군중들이 구르는 머리통을 보며 야유했다.

주니바가 죽었다. 그녀의 영혼은 어디로 가는 걸까.

유릭은 눈을 감았다가 떴다. 뱀교든 북부인이든 태양교인 이든…… 유릭은 그들이 각자 원하는 사후세계로 가기를 바랐다.

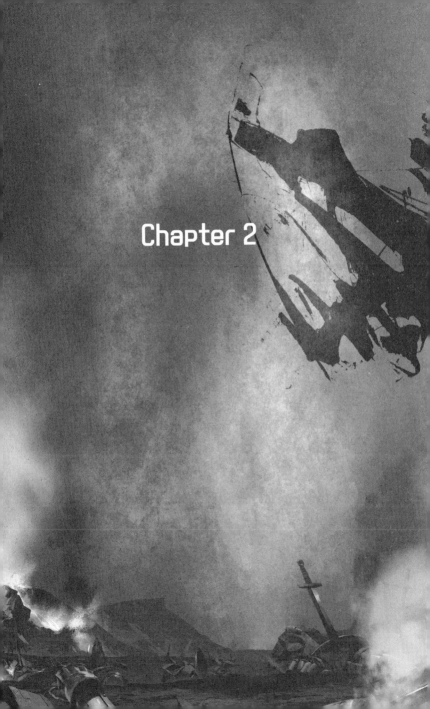

Chapter 2

　도시 발그마에서 출발한 용병단은 큰길을 따라서 제국 직
할령으로 향했다. 유릭이 병으로 누워 있었던 시간을 만회하
느라 도시나 영지는 들르지 않았다.

　용병단이 야영으로 밤을 보낸 지 사흘이 지났다.

　파헬은 짬짬이 필리온에게 검술 훈련을 받았다.

　"왕자님, 그런 손놀림으로는 왼손밖에 없는 저도 이기지 못
할 겁니다."

　필리온이 왼손으로 검을 휘두르며 말했다. 그 앞에서 파헬
이 숨을 헐떡였다.

　"제길, 칼은 또 왜 이렇게 무거운 거야!"

　파헬이 짜증을 냈다. 그도 왕족인지라 기본적인 검술 훈련
을 받았었다. 하지만 그때 사용한 검은 연습용 목검이었으며,

그마저도 훈련을 빼먹기 일쑤였다.

'왕자님이 스스로 검술 훈련을 청하다니.'

감상에 젖은 필리온이 뿌듯한 미소를 지었다. 그는 왼손으로 칼을 휘둘렀다.

캉!

파헬이 칼을 놓쳤다. 손바닥에는 물집이 잡혔다.

"오늘은 여기까지 하는 게 좋겠군요. 금방 적응하실 겁니다."

필리온이 칼을 집어넣었다. 파헬이 고개를 끄덕였다.

"경이 보기에 유릭은 얼마나 강하다고 생각해?"

물을 마시며 휴식을 취하던 파헬이 필리온에게 물었다.

"상당한 수준의 전사죠. 힘만 강한 게 아니라, 젊은 나이에 걸맞지 않은 전투 기술을 가졌습니다."

필리온이 유릭을 평가했다. 그간 필리온은 유릭의 실력을 옆에서 봤다.

"우리 왕국에서 유릭을 당해낼 기사가 있을까?"

필리온이 잠시 침묵했다. 그는 쉽게 대답하지 못했다.

'상대할 사람이 있다고 말하기에는 이름 하나 대기가 힘들고, 없다 하기에는 체면이 상하는군.'

필리온이 고민하는 사이에 파헬이 이어 말했다.

"아마도 우리 왕국에는 없겠지. 그렇다면 제국에는 있을까? 검귀 페르젠?"

"검귀 페르젠은 나이가 너무 많습니다. 일흔이 넘은 나이
죠. 아무리 뛰어난 전사라도 나이에는 장사가 없습니다. 페르
젠은 대통합과 대정복, 야만인 토벌까지 경험한 살아 있는 역
사니까요. 그래도 제국강철 기사단이나 태양전사단이라면 유
릭과 견줄 만한 사내들이 있을 겁니다."

필리온도 솔직히 확신하지 못했다. 그도 소왕국의 기사일
뿐이다. 평생 왕족을 호위하며 왕성을 지켰던 자다. 실전 경
험이 나이에 비해 적었다.

"필리온 경, 이번 의뢰가 끝나고 내가 유릭에게 봉신 제의
를 한다면 녀석이 받아들일까?"

파헬의 얼굴에 남아 있는 열기가 가라앉았다. 그가 푸른
눈동자를 들어 올렸다. 왕족다운 기품과 아름다움이 묻어 나
왔다.

"글쎄요. 그건 저도 뭐라 말하기 힘들군요. 저 야만인 유릭
의 목적이 무엇인지조차 우린 모르니까요. 적어도 재물을 탐
하는 성격은 아닌 듯합니다."

"그래, 나도 어떤 대답을 원하고 물어본 건 아니야. 그저 내
의도가 그렇다는 것만 경이 알아두면 좋겠어."

파헬이 그렇게 말하며 수풀을 바라봤다. 사냥을 나섰던 용
병들이 돌아왔다. 근처에 숲이 있어서 사냥에 자신 있는 이들

이 나섰었다.

"물이나 팔팔 끓여. 금방 가죽을 벗길 테니까."

용병들이 잡아 온 것은 토끼 다섯 마리였다. 그들은 즉석에서 토끼를 도축해 고기만 잘라냈다.

"윽."

비위가 상한 파헬이 시선을 옮겼다.

"피에 익숙해지는 게 좋습니다. 정말로 검술을 익히실 거면요."

필리온이 옆에서 말했다.

"어이, 파헬. 한번 해볼래? 별로 어렵지 않다고."

토끼를 해체하던 유릭이 말했다.

"으, 음."

파헬이 주뼛주뼛하며 유릭을 따라 토끼를 해체했다.

"이렇게 대충 칼로 가죽과 속살을 분리한 후에 크게 잡아당겨."

우드드득!

유릭이 힘을 주며 토끼 가죽을 통째로 벗겨냈다. 토끼의 속살이 드러났다.

"잠깐!"

파헬이 벌떡 일어나서 나무 뒤로 달려갔다. 속을 게워내는 소리가 요란했다.

"먹은 걸 뒤로 싸는 게 아니라 앞으로 다 토해내는군. 차라리 굶으라고, 파헬."

유릭이 토끼 눈알만 도려내 씹으며 말했다. 그 말에 용병들이 따라 웃었다. 그들은 도축한 고기를 냄비에 통째로 넣어서 끓였다. 건더기는 많이 없어도 뜨뜻한 고기 국물은 힘이 된다.

뿌우우.

보초를 서던 용병이 뿔나팔을 불었다. 식사 준비를 하던 용병들이 일제히 무기를 들고 일어섰다.

"무슨 일이야?"

"어디 방향?"

보초들이 지평선 쪽을 가리켰다. 무장한 전사들이 능선을 따라 서 있었다.

"제길, 이제 식사 시간인데 예의도 더럽게 없는 새끼들이네."

"방패나 들어. 사방을 살피고. 혹시라도 양동작전일 수도 있으니까. 경계해."

용병들이 일사불란하게 움직였다.

"이상하군. 우릴 먼저 발견했다면 기습을 하면 될 텐데, 굳이 우리가 태세를 갖출 때까지 기다리고 있어."

바크만이 눈을 얇게 뜨며 말했다.

"저쪽에서 한 명이 오는군. 이봐, 전부 대기! 공격하지 말고

기다려!"

도노반이 용병들의 진열을 확인하며 말했다. 능선에서 내려온 사절이 유릭과 용병단을 훑어봤다.

"우린 '흐룬의 늑대단'이다! 용병단이지."

사절이 말하자 용병들이 웅성거렸다.

"흐룬의 늑대단? 누구 아는 사람?"

"흐룬이면 북부식 이름이잖아."

그 말을 들은 유릭이 스벤을 쳐다봤다. 스벤이 턱을 괴며 골몰히 생각했다.

"흐룬, 흐룬, 흐룬이라……. 그 이름을 쓰는 전사가 꽤 있긴 한데. 그 녀석인가?"

스벤이 생각하는 사이에 유릭이 앞으로 나섰다.

"우리는 '유릭의 형제들'이다. 무슨 볼일이지?"

사절이 용병단을 훑어보더니 입을 뗐다.

"그쪽이 보호하고 있는 자들을 데려가고 싶다. 순순히 내놓는다면 유혈 사태는 일어나지 않을 거다."

그 말을 들은 유릭과 용병들이 웃었다. 웃음소리가 멀리 퍼졌다.

"장난해? 유혈 사태? 어디서 굴러먹다 온 개뼈다귀들인지 몰라도 용병이면 용병답게 칼로 가져가시지."

사절은 그럴 줄 알았다는 듯이 고개를 끄덕였다.

"어차피 그쪽과 우리의 숫자는 비슷하다. 싸운다면 어느 쪽이 이기더라도 큰 피해를 면치 못하겠지. 쓸데없는 피는 흘리지 않는다는 게 우리 용병대장 흐룬의 방침이다. 용병대장끼리 일대일 결투로 결과를 내는 게 어떤가?"

사절이 결투 이야기를 끌어냈다. 유릭이 흔쾌히 수락하려 했다.

"잠깐만, 유릭."

도노반이 유릭의 어깨를 잡았다. 그가 사절을 보며 외쳤다.

"우리에게도 잠깐 시간을 줘봐. 결투로 끝낼지, 전면전으로 승부를 볼지 말이야."

도노반의 말을 들은 사절이 자신의 진영을 바라보다가 대답했다.

"빨리 대답하지 않으면 우리 대장이 바로 돌격해 올 거다. 흙들이 피를 많이 머금겠군."

사절이 자리에 서서 대답을 기다렸다.

유릭이 잠시 뒤로 물러났다. 유릭이 지나가자마자 용병들이 방패로 벽을 치며 적들을 노려봤다.

"하르마티 공작이 고용한 용병 무리로군. 역시 발그마에서 시간을 너무 지체했어."

필리온이 침음을 내며 말했다. 유릭을 탓할 생각은 없지만, 발그마에서 시간 낭비를 하지 않았다면 이런 상황이 벌어지지 않았을 터다.

"기습의 이점을 포기하고 결투라니. 결투에 엄청 자신이 있는 용병대장인가 보군."

도노반이 상대편 진영을 흘깃 보며 말했다.

"내가 가서 그냥 베어버리고 오지. 뭘 그렇게 생각해? 좋은 기회잖아. 이 유릭이 당할 것 같아?"

"천천히 생각해 봐, 유릭. 기습을 포기하면서까지 결투를 청할 정도로, 저쪽 용병단의 전투력이 떨어지는 게 아닐까? 우린 검투사 출신이 많아서 병력의 질이 우수한 편이야. 우리가 은사자 용병단을 막아낸 일을 저쪽도 알고 있을지도 모르지."

바크만이 빠르게 머리를 굴렸다.

"전면전에 자신이 없어서 자신들이 승산이 있다고 생각하는 대장 결투로 승부를 보자고 한 거다 이거로군. 하하!"

유릭이 무릎을 탁 쳤다.

"그냥 돌격해서 쓸어버려, 유릭. 병력 숫자는 비슷해. 숫자만 같다면 우리보다 전투력이 뛰어난 용병단은 드물어."

도노반이 칼을 뽑으며 말했다.

"아니, 됐어. 그냥 결투를 하자고."

유릭이 손을 저었다.

도노반과 바크만이 둘 다 인상을 찌푸렸다. 간만에 두 사람의 의견이 일치했다.

"지금까지 무슨 말을 들은 거야? 그냥 싸워도 이긴다니까! 유릭."

"저쪽이 정정당당하게 결투를 한다는 보장도 없어. 매복이 있을 수도 있지. 네가 죽으면 사기가 떨어져서 이길 전투도 진다."

도노반과 바크만이 나란히 말했다.

"내가 병 때문에 골골거린 탓에 이렇게 발목이 잡힌 거잖아. 안 그래? 그러면 내가 책임지고 해결해야지. 전면전으로 싸우면 이기더라도 몇 명은 죽어. 피를 적게 흘리면 좋은 거잖아. 나는 결투로 결정했다. 이견이 있으면 투표를 하자고."

유릭이 씨익 웃었다. 도노반이 땅바닥에 침을 뱉었다.

"투표를 던지면 당연히 결투 쪽으로 기울지. 제기랄."

용병들은 당연히 대장끼리의 결투를 선호한다. 자신들이 죽을지도 모르는 전면전을 좋아하는 용병은 없다.

"결투를 하자고! 흐룬의 늑대단! 나는 용병대장 유릭이다!"

유릭이 크게 소리를 질렀다. 목청이 쩌렁쩌렁해서 상대 진영까지 닿았다.

"와아아아아!"

양쪽 용병들이 무기를 부딪치며 소리를 냈다. 쇠붙이들의 까랑까랑한 소리와 사내들의 고함이 뒤섞였다.

"오오오오! 나는 흐룬이다!"

흐룬의 늑대단에서 덩치가 큰 사내가 튀어나왔다. 스스로 흐룬이라 밝힌 사내는 유릭보다도 키가 컸다. 그는 거구가 수두룩한 북부인들 중에서도 덩치가 유별나게 큰 편이었다.

저벅, 저벅.

유릭과 흐룬이 각 진영 사이의 중간 지점까지 걸어 나갔다. 각 진영에서 용병들이 대장의 이름을 연거푸 외쳤다.

"유우우릭! 유릭! 유릭!"

"흐룬! 가라! 흐룬! 맨손으로 골통을 부수는 흐룬!"

"우리 대장 유릭은 말을 업고도 뛴다고오오!"

"인간이 어떻게 말을 업고 뛴다는 거냐! 유릭의 형제들은 거짓말쟁이들뿐인가 보군!"

용병들 간의 말싸움이 일었다.

"아! 저놈이로군. 그 흐룬이 맞군."

스벤이 갑자기 입을 뗐다. 북부인들도 흐룬을 알아봤다.

"스벤, 혼잣말 그만하고 좀 말해달라고."

다른 용병들이 재촉했다.

"북부에서는 꽤 유명한 놈이지. 열 살에 곰을 잡은 흐룬이라고……. 이런 데서 용병업을 하고 있었군. 저런 덩치를 가진 흐룬이라면 그놈밖에 없지."

"그 흐룬이라면 유릭도 좀 위험하지 않아? 열 살에 곰을 잡은 흐룬이라면 무용담이 보통 아닌 놈인데."

북부인들이 떠들었다. 그 말을 들은 다른 용병들이 움찔했다.

'설마 유릭이 당하겠어?'

유릭에 대한 신뢰는 공고했지만, 흐룬의 덩치를 본 용병들이 불안해했다.

"크흐흐흐. 유릭의 형제들. 소문은 익히 들었지. 은사자 용병단을 막아낸 용병단."

도끼창을 든 흐룬이 말했다. 유릭과 흐룬은 서로 이목구비가 보일 정도로 가까워졌다.

'이렇게 순순히 걸려들다니, 거저먹기로군.'

흐룬의 늑대단은 전투력이 약한 편이었다. 흐룬을 제외한 나머지는 산적이나 다를 바 없는 오합지졸이었다. 명성이 높으면 전사들이 꼬일 만도 했지만, 흐룬은 성격이 좋지 않았다. 같은 북부인들조차 흐룬의 성질머리에 질려서 떠나갔다.

"후욱, 후욱."

유릭의 발걸음이 빨라졌다. 호흡을 조절한 그가 가볍게 땅을 박차며 달렸다.

반대편의 흐룬도 도끼창을 꼬나 쥐고 고함을 질렀다.

"우오오오!"

흐룬이 도끼창을 옆으로 크게 휘둘렀다.

스컹.

유릭이 펄쩍 뛰어오르며 흐룬의 옆을 스쳐 지나갔다. 스쳐 가며 바닥을 구른 유릭이 뒤도 돌아보지 않고 흐룬의 늑대단 쪽으로 계속 걸어갔다.

"꺽, 꺽."

흐룬이 자신의 목젖을 붙잡으며 쓰러졌다. 그의 손아귀를 가득 채운 핏물이 바닥에 쏟아졌다. 버티지 못한 그는 무릎을 꿇고 주저앉았다. 흐룬이 쓰러지는 소리를 들은 유릭이 승리를 확신했다.

일격에 승부가 났다. 유릭이 칼날에 묻은 피를 털어내며 손을 들어 올렸다. 유릭의 도발에도 흐룬의 복수를 하려고 나오는 전사는 없었다.

"당장 꺼져! 죽여 버리기 전에! 늑대단이 아니라 똥강아지들이었군!"

유릭의 형제들이 당장이라도 돌격할 것처럼 고함을 질렀고, 흐룬의 늑대단은 허겁지겁 도망갔다.

"괜한 걱정이었군."

스벤이 껄껄 웃었다. 그가 돌아오는 유릭을 바라봤다.

병마를 떨쳐 낸 유릭은 건재했고, 여전히 강인한 용병대장이었다.

"북쪽 숲에는 마법사가 살고 있수다. 돌아서 가는 게 좋을 거요."

농부가 말했다. 농가에 식료품을 사러 나온 유릭이 귀를 쫑긋했다.

"마법사?"

농장을 구경하던 유릭이 고개를 갸웃했다.

"영주님의 부하들도 마법사의 숲에 들어갔다가 혼쭐이 났다오. 온몸이 그을린 채로 새카매져서 나오더군."

"마법사라는 게 뭐지?"

"손에서 불을 뿜고 밤마다 악마를 부리는 놈들 말이오!"

"손에서 불이 나온다고? 악마는 또 뭔데?"

유릭이 눈을 크게 떴다. 그가 농부를 붙잡고 줄기차게 물었다. 농부가 귀찮다는 듯이 다른 용병을 불렀다.

"누가 이 덩치 좀 데려가쇼! 밭일도 바빠 죽겠는데, 참나."

킬리오스를 타고 있던 파헬이 다가왔다.

"불쌍한 농부를 그만 괴롭혀."

"파헬, 너 마법사라는 걸 알아?"

"마법사라고?"

"저쪽 숲에 마법사가 살고 있다고 하는군. 이 농부 말로는 손에서 불을 뿜고 악마를 부린대."

용병들이 웅성거렸다. 그들도 엇비슷한 이야기를 들은 모양이었다.

농가를 돌며 식료품과 생필품을 구입한 용병들이 한자리에 모였다. 그들은 다음 진로에 대해 회의했다.

"북쪽 숲을 곧장 가로지르는 게 훨씬 빨라."

"하지만 마법사가 살고 있는 숲이라는데? 찜찜하잖아."

"마법사의 숲에 잘못 들어가면 수염이 성성한 할아버지가 돼서 나온다고 하잖아."

"아무튼 피해서 가는 게 좋지 않을까? 농부들도 마법사가 저 숲에 살고 있다고 조심하라더군. 직접 본 사람도 있다고 했어."

용병들이 영 내키지 않아 했다. 유릭이 슬그머니 용병들의 눈치를 보다가 말했다.

"곧장 숲을 가로질러 가자고. 괜히 시간 낭비하다가 그 하르마티 공작이 쫓아올 빌미를 주면 안 되잖아."

유릭의 입술이 씰룩였다. 바크만이 그 반응을 놓치지 않았다.

"유릭, 넌 그냥 마법사가 보고 싶은 거잖아. 다 알아, 이 자식아."

"저 숲에 간다고 마법사를 본다는 보장도 없잖아? 오해하지 마. 난 용병대장으로서 가장 빠른 길로 가고 싶은 거라고."

유릭이 애써 표정을 감추며 말했다.

'가 보고 싶어 죽겠다는 뜻이군.'

'혼자서라도 숲을 가로질러서 갈 기세야.'

용병들도 유릭의 성격을 안다. 불구덩이 온도가 궁금하다고 그 안으로 뛰어들어 갈 사람이 유릭이다.

'누가 십 대 아니랄까 봐 호기심은 더럽게 왕성하다니까.'

바크만이 혀를 찼다.

"내 생각에도 숲을 가로질러가는 게 좋겠네."

필리온이 유릭의 말을 거들었다. 유릭이 화색이 돈 표정으로 필리온을 쳐다봤다.

"그, 그렇지? 필리온 경도 가로질러가는 게 좋다고 하잖아."

"이럴 때만 경을 붙이는군, 용병대장 유릭. 하여튼 농부들은 무지하네. 그저 숲에 은거한 사람을 마법사라 부르며 두려워하지. 행여나 진짜로 손에서 불을 뿜는 마법사라도 오십여 명의 전사를 건드리진 않을 걸세."

용병들도 안심되는지 고개를 끄덕였다.

"맞아. 정말로 마법사라는 게 있을 리가 없잖아. 그냥 농부들이 헛것이나 보는 거겠지. 헛소문이 무서워서 시간 낭비할 필요는 없어."

"그럼 북쪽 숲을 가로지르자고."

용병들이 주섬주섬 짐을 챙겼다. 그들은 북쪽 숲으로 들어갔다.

"쯧, 그렇게 말했는데도 숲으로 가는군."

밭일을 가던 농부가 용병들의 뒤를 보며 말했다.

용병들은 오솔길을 따라 숲을 걸었다. 간간이 새들이 우는 소리가 들렸다. 작은 짐승들이 수풀 사이를 오가며 나뭇잎을 흔들었다.

"옛날에 할머니한테 들은 이야기인데, 마법사한테 찍히면 밤마다 악마한테 정기가 빨려 죽는다고 하더라. 우리 증조할아버지가 마법사의 숲에 있는 나무를 베어갔다가 그렇게 죽었대."

"밤마다 정기가 빨리는 거면……. 그렇게 죽으면 나름 행복하겠다."

"등신아, 저주받아 죽으면 영혼도 저주받아 떠도는 거 몰라?"

"음, 그건 좀 그러네."

용병들이 시시껄렁한 농담을 주고받았다. 어쩐지 숲이 을

씨년스러워 불안감을 떨치기 위한 말이 많아졌다.

"마법사의 숲에 사는 동물들은 원래 인간이었다는 말이 있어. 저주를 받아서 두꺼비나 토끼가 된 거지."

"그만 좀 해. 그럴 시간에 루에게 기도나 해라. 마법사들이 왜 숲에서 사는지 알아? 태양이 두려워서 그늘진 숲에 사는 거라고. 태양신 루가 항상 보고 있거든."

용병들이 눈동자를 굴렸다. 그들은 평소보다 더 예민했다.

"여기가 마법사가 살고 있는 숲이라고오오?"

유릭이 가장 앞장서 가며 중얼거렸다. 그가 한숨을 내쉬었다. 기대와 전혀 다른 평범한 숲이었다.

"생각해 봐. 네가 마법사라면 이렇게 벼르고 있는 전사들 앞에 모습을 드러내겠어?"

파헬이 유릭에게 핀잔을 줬다.

"손에서 불을 팍 하고 뿜는 걸 보고 싶었는데."

유릭이 팔을 쭉 뻗으며 펼쳤다. 당연하게도 불꽃은 나오지 않았다.

"백날 해도 손바닥에서 불이 나오진 않을걸."

파헬이 유릭의 행동을 보며 웃었다.

숲을 통과하는 데 3일이 걸린다. 숲에서 첫날 밤을 무사히 보낸 용병들은 더 이상 주눅 들지 않았다. 하룻밤이 지났는데도 아무런 일도 없었다.

"그럼 그렇지. 마법사 같은 게 있을 리가 없어."

"저주를 걸고 싶으면 걸어보라고! 태양신 루가 나를 지켜주고 있다!"

용병들이 키득키득 웃었다.

"역시 없는 건가."

실망한 사람은 유릭뿐이었다. 그는 숲을 둘러봤다. 그가 나무들 사이에서 사람의 그림자를 발견했다.

키링.

유릭이 재빨리 칼을 뽑으며 손을 들어 올렸다. 용병들이 서로의 어깨를 치며 신호를 보냈다.

"적?"

"드, 드디어 마법사가 나타난 거야?"

"제길, 루에게 기도나 하라고. 마법을 막을 수 있도록."

용병들의 얼굴이 딱딱하게 굳었다.

"마법사의 숲 같은 곳은 오는 게 아니었어. 제기랄. 나도 증조할아버지처럼 정기가 빨려 뒈질 거야."

"입 좀 닥쳐."

"궁수 대기!"

활을 가진 용병들이 시위를 당겼다. 그들은 나무들 사이에서 나오는 그림자들을 응시했다.

"우린 공격할 의도가 없소. 우연히 가는 길이 같은 것 같은데."

나무 뒤에서 남자의 목소리가 들렸다. 용병들이 더 경계하며 고함을 질렀다.

"마법사다. 마법사가 우릴 속이고 있는 거야."

"유릭, 위험해. 다가가지 마."

용병들이 망설였다. 유릭이 어깨를 으쓱하며 앞으로 걸어 나갔다.

"쏘지 마. 그냥 사람이잖아. 공격받기 싫으면 그쪽 정체를 밝히시지."

그 누구보다 마법사를 보고 싶어 했던 유릭이다. 하지만 가장 침착한 사람도 유릭이었다. 막상 낯선 자와 마주하자 보지도 못한 마법사라며 두려워하지 않았다. 그는 평상시처럼 상대를 사람으로 바라봤다.

"댁이 대장인가 보군. 우린 그냥 지나가는 전사들이오. 이제 무기를 거둬줬으면 좋겠는데?"

"그냥 전사라고 하면 곤란하지. 나는 신경이 날카로운 사람이야. 정체를 밝혀. 머리통을 쪼개 버리기 전에. 저기 뒤에 숨은 놈들까지 합하면 다섯 명이로군."

유릭이 칼을 땅에 꽂으며 도끼를 뽑았다. 살기가 팽창했다.

유릭의 말은 농담이 아니었다. 용병단은 쫓기는 몸이며 하르마티 공작이 어떤 수작을 부려 그들의 앞길을 막을지 모른다. 조금이라도 의심이 간다면 모조리 죽일 생각이었다.

"그만! 우린 태양전사들이오!"

나무 뒤에서 무장한 사내들이 나왔다. 사슬갑옷 위를 덮은 천에는 태양 표식이 있었다.

"태양전사?"

유릭이 반문하며 그들을 바라봤다.

"우리의 정체를 밝혔으니, 위협을 거두시오."

계속 말을 하던 사내가 유릭 앞까지 다가왔다. 유릭과 비슷한 덩치를 가진 사내였다.

"우린 '유릭의 형제들'이다. 용병단이지. 나는 용병대장 유릭."

"나는 태양전사단의 하발드요."

"하발드? 북부인 느낌이 나는 이름인걸?"

"내 어머니가 북부인이라서, 내 외조부의 이름을 따왔을 뿐. 제국에서 태어나고 자랐소."

유릭이 하발드를 유심히 바라봤다. 북부식 이름과 달리 귀족적인 말투와 분위기였다. 덩치만이 북부인 같아서 이질적이었다.

"무기를 거둬! 그냥 지나가는 양반들이란다."

유릭이 용병들을 향해 외쳤다.

"고맙소. 숲을 빠져나가는 길이 같아서 우연히 동행하게 됐군."

하발드가 다른 전사들에게 손짓했다. 하발드를 포함해 다섯 명의 전사가 길가로 나왔다.

'전부 태양 표식이 있는 천을 두르고 있어. 방패에도 태양 표식이 있다. 무기와 갑옷들도 좋아 보이는군.'

유릭이 그들의 복식과 갑옷을 바라봤다. 상당한 중무장이었다.

"태양전사단이잖아. 이런 곳에서 태양전사들을 볼 줄이야."

태양전사를 알아본 용병들이 말했다. 필리온과 파헬도 대번 그들을 알아봤다.

"용병들의 무례를 용서해 주시오, 태양전사들이여."

필리온이 고개를 비스듬하게 숙이며 기사의 예를 갖췄다. 태양전사 하발드도 똑같은 자세로 인사했다.

"하발드라고 부르시면 됩니다."

하발드는 연장자이자 기사인 필리온에게 공손하게 말했다. 예의를 배운 문명인의 태도였다.

필리온과 하발드가 둘이서 이야기를 했다. 뭔가 굉장히 말이 잘 통하는 듯했다.

"파헬, 태양전사단이라는 게 뭐야?"

유릭이 팔짱을 끼며 물었다. 용병들도 태양전사들에게 금방 적개심을 풀었다. 꽤 신뢰받는 집단인 듯했다.

"시작은 태양교로 개종한 야만인 부대였어. 야만인 전사의 체격과 전투 능력을 높게 산 선대 황제가 칙령을 내려 자신의 직할부대로 만들었지. 지금도 야만인이나 혼혈이 전사단 구성원이야. 무조건 개종만 한다고 들어갈 수 있는 게 아니라, 입단 조건이 엄청 까다로워. 신앙심과 실력이 둘 다 증명돼야 태양전사단에 들어갈 수 있다고 해. 대신에 제국기사들과 동등한 대우를 받는다고 하더군."

태양전사들은 용병단과 동행했다. 태양전사들은 야만인 출신들이지만 신앙의 수호자로도 유명하다. 어지간한 문명인들보다 신앙심이 투철했다. 존재 자체가 신뢰의 상징인 자들이었다.

"유릭, 우린 뒤에서 걷겠네. 저들과 나란히 걷는 게 역겹군."

스벤이 그렇게 말했다. 스벤과 북부인은 행렬 가장 뒤에서 따라왔다.

'스벤이 저렇게 누군가를 싫어하는 건 처음 봤어.'

유릭이 의아해했다. 바크만이 어깨를 으쓱하며 설명했다.

"스벤은 그냥 놔두는 게 좋아. 북부인 입장에서 태양전사들은 찢어 죽여도 모자랄 배신자들이니까. 태양교로 개종하고 같은 야만인들을 향해 칼을 들이민 자들이 태양전사단이거든. 개종이 문제가 아니라, 동족을 배신한 자라는 게 문제지."

용병단과 태양전사들은 야영도 함께 했다. 둘 다 숲을 빠져나가는 길인지라 가는 길이 갈리는 게 오히려 이상할 터다.

"그런데 태양전사가 어쩐 일로 이런 곳까지 오신 거요? 하발드."

필리온이 하발드에게 물었다.

하발드가 싱긋 웃으면서 짊어진 보따리를 꺼냈다.

"마법사의 머리입니다."

그 말에 유릭의 눈동자가 휙 하고 돌아갔다.

"마법사?"

"진짜 마법사가 이 숲에 있었던 거야?"

용병들이 웅성웅성 모여들었다. 하발드가 천천히 보따리를 풀었다.

보따리에서 나온 건 혀를 내밀고 죽은 노인의 머리였다. 피부에는 검버섯이 잔뜩 피어 있었다. 목의 단면에는 핏물이 아직도 덜 굳어서 진득했다.

"얕은 지식으로 마법사라고 떠들며 태양을 기만하고 혹세무민하는 자들을 잡는 것도 태양전사의 임무니까요. 자, 보시죠."

하발드가 주머니에서 검은 가루를 꺼냈다. 그가 모닥불에 검은 가루를 뿌렸다.

촤아아!

모닥불이 푸르게 빛나며 크게 타올랐다가 원래 색을 되찾았다. 용병들이 뒤로 벌러덩 넘어졌다.

"마, 마법이다!"

"태양전사가 마법을 썼어! 마법사다! 마법사가 나타났다! 마법사가 태양전사로 둔갑했어!"

"태양신 루여!"

한바탕 소란이 일었다. 심지어 무기를 뽑는 용병마저 있었다.

하발드가 재차 검은 가루를 모닥불에 뿌렸다. 톡톡 튀는 소리가 났다.

검은 가루와 모닥불이 반응하며 형형색색의 불꽃을 만들었다. 불꽃이 한순간 높아지며 아름답게 흔들렸다.

'방금 그게 뭐지?'

유력의 눈동자가 휘둥그레졌다. 하늘산맥을 넘었을 때만큼이나 심장이 쿵쿵 뛰었다. 저런 현상은 생전 처음 봤다.

"우린 이걸 화염 가루라고 부릅니다. 결코 마법 따위가 아닙니다. 이 가루만 있으면 누구나 할 수 있는 일이죠."

하발드가 담담히 말했지만, 용병들은 쉽게 진정하지 못했다. 독서로 지식을 쌓은 파헬마저 입을 벌리며 하발드를 바라봤다.

"그거 줘봐. 나도 해보게."

적막을 깬 유릭이 화염 가루를 한 움큼 쥐어서 모닥불에 뿌렸다.

팡! 콰아아아!

모닥불이 크게 솟아올랐다. 유릭이 뜨거운 열기를 느끼며 희열에 찬 미소를 지었다.

"하핫. 내가 바로 마법사다! 이 녀석들아!"

유릭이 신이 나서 말했다. 그러다 앞머리가 그을렸지만 전혀 신경 쓰지 않았다.

'이들의 대장은 개종한 야만인이로군.'

하발드가 유릭의 태양 펜던트를 보며 생각했다. 유릭의 행동이 퍽 우스꽝스러웠다.

"필리온 경께서는 무슨 일로 용병단과 함께 행동하시는 겁니까? 그 손의 상처도 오래된 것 같지 않은데……."

"그건 말하기 곤란하군요. 설사 태양전사일지라도 말입니다."

필리온은 경솔하게 목적을 말하지 않았다.

하발드도 더 이상 캐묻지 않았다. 그는 주변을 둘러봤다.

'저기 저 사람들은 북부인이로군. 아직 개종하지 않은 자들인가.'

용병단을 훑어보던 하발드는 구석에 있는 북부인들을 바라

봤다. 가슴속에서 사명감이 치밀었다. 그는 속으로 기도문을
한 차례 외운 후에 일어섰다.

"내 어머니의 민족들이여, 개종하시오. 태양신께서는 언제
나 길에서 벗어난 탕아가 돌아오길 기다리고 있소."

하발드가 스벤에게 말했다. 그 말이 스벤의 마지막 인내심
을 끊었다.

끼리릭.

스벤이 양손도끼를 들어 올리며 하발드에게 접근했다. 하
발드가 움찔하며 칼을 뽑았다. 일촉즉발의 상황이었다.

"둘 다 멈춰."

하발드는 목덜미가 서늘한 걸 느꼈다. 어느새 유릭이 하발
드의 목에 도끼날을 대고 있었다.

'언제 내 뒤로 와서 무기를 뽑은 거지?'

하발드가 허리춤에서 단도를 꺼내서 유릭에게 대응하려
했다.

착.

유릭이 잽싸게 하발드의 손을 잡아서 단도를 꺼내는 걸 막
았다. 북부의 피가 흐르는 하발드도 힘이 셌지만 유릭의 악력
을 이기지 못했다.

'엄청난 악력이다. 손가락이 으스러질 것 같군.'

하발드를 완전히 제압한 유릭이 스벤을 쳐다봤다.

"스벤, 용병단의 대장은 나다. 내 허락 없이 무기를 뽑아? 뒈지고 싶어, 영감?"

유릭이 으르렁거렸다. 스벤이 이맛살만 잠시 찌푸리더니 고개를 끄덕였다.

"내가 경솔했군, 대장."

스벤이 순순히 인정하며 물러났다. 그는 유릭의 권위를 존중했다.

"그리고 하발드, 태양전사인지 뭔지 모르겠지만, 내 형제에게 이래라저래라 지껄이지 마. 난 태양교의 신자지만 한 번만 더 스벤을 모욕한다면 죽는 건 너다. 서로서로 지킬 건 지켜야지. 그것만 조심하면 우린 친구라고."

하발드가 고개를 끄덕이며 칼을 집어넣었다. 유릭도 도끼를 거뒀다.

'여전히 기가 막힌 상황 장악력이로군. 역시 타고났어.'

필리온이 안도하며 생각했다. 그도 한순간이나마 어떻게 되는 줄 알았다.

"사과하겠소, 용병대장 유릭. 그리고 저분에게도."

하발드가 스벤을 향해서도 사과했다. 스벤이 고개를 살짝 까딱이며 사과받는 시늉만 했다.

긴장이 풀리면서 용병들도 다시 자리에 앉아 떠들어 댔다. 유릭도 웃으면서 하발드의 어깨를 툭툭 쳤다.

"좋아. 그럼 다시 놀아보자고, 하발드 형씨. 아까 그 가루 남는 거 더 있어?"

유릭이 눈을 반짝이며 말했다. 하발드가 남은 화염 가루를 전부 유릭에게 넘겼다. 어차피 얼마 남지도 않은 가루였다.

'단순한 사람인 줄 알았는데, 그건 아니었군……'

하발드가 유릭의 등을 보며 중얼거렸다. 모닥불이 폭발하는 소리가 연거푸 들렸다.

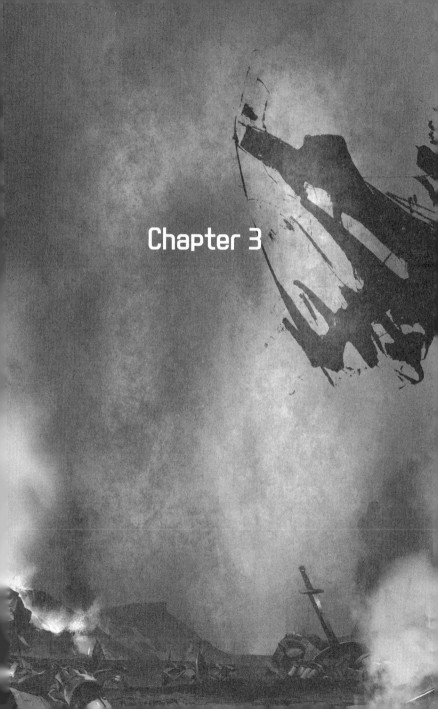

Chapter 3

이튿날, 용병단은 숲을 빠져나왔다. 촘촘한 숲이 끝나고 큰 길로 이어진 평야가 나왔다.

"진정한 전사들의 신은 북부의 신이네."

길을 걷던 스벤이 유릭에게 말했다. 스벤은 태양전사들의 동행이 영 탐탁지 않았다.

"알았으니까, 진정해. 영감."

"태양신 루는 전투를 좋아하는 신이 아니네. 루는 농부도 전사도 차별 없이 대하지. 하지만 북부의 신, 울가로는 전사들만을 위한 언덕을 따로 준비했네. 전사라면 당연히 울가로를 믿어야 하는 거지."

스벤이 수염에 침을 튀기며 말했다. 유릭이 어깨를 으쓱했다.

"하지만 나도 태양신 루를 믿잖아."

"자네는 북부인이 아니니까."

스벤이 눈동자를 굴리며 유릭을 바라봤다. 유릭과 스벤의 눈동자가 마주쳤다.

'산맥 너머의 인간.'

유릭이 직접 말하지 않았지만 스벤은 유릭이 어디서 왔는지 어렴풋이 알았다.

철컥.

스벤이 양손도끼를 어깨에 걸쳤다. 그는 녹슨 투구를 눌러 썼다. 투구 밑의 눈동자가 사납게 번들거렸다. 몸을 움직일 때마다 사슬갑옷이 철렁철렁 흔들린다.

"자네도 갑옷 한 벌 정도는 마련하는 게 좋을 걸세."

스벤이 유릭의 몸을 훑어보며 말했다.

유릭은 모피를 대충 걸치고 다녔다. 모피로는 전신을 감싸지도 못하며 감싼 부분조차 방어력이 낮다.

"감이 둔해져서 싫어."

"다른 사람들도 그걸 몰라서 갑옷을 입는 건 아니지. 그걸 감안하고도 갑옷을 입어서 얻는 장점이 더 크기 때문이야. 아무리 뛰어난 전사라도 모든 공격을 항상 막고 피할 수 있는 건 아니네."

스벤이 등에 짊어진 원형방패를 쿵쿵 두드리며 말했다. 스벤의 주무장은 양손도끼였지만, 부무장은 원형방패와 한손도끼다. 상황에 맞춰서 다른 장비를 썼다.

중무장을 갖춘 용병들이 나날이 늘었다. 여유가 있는 용병들이 가장 먼저 구입한 것이 목숨을 지켜주는 장비들이었다. 천갑옷이나 가죽갑옷들이 하나둘씩 사슬갑옷으로 바뀌었다.

"우리 같은 용병들에게 사슬갑옷 한 벌보다 든든한 게 없지. 이보다 더 좋은 방어구라면 판금갑옷 정도밖에 없으니까 말이야."

판금갑옷은 제국기사나 귀족들의 전유물이다. 오로지 제국 공방에서만 생산하는 갑옷이기 때문이다. 제국강철 무기라면 시중에 나도는 물건이 제법 있었으나, 판금갑옷은 민간시장에서 구하는 건 불가능에 가깝다.

"사람의 피와 살은 철보다 약하네. 기억하게, 유릭."

스벤이 뒤로 빠지며 말했다. 저 앞에서 태양전사 하발드가 유릭에게 접근했기 때문이었다.

"용병대장 유릭, 내 미리 몰라본 걸 사과하오. 은사자 용병단이라면 나도 익히 소문을 들었지."

하발드가 말했다. 그는 다른 용병들에게 이런저런 이야기를 이미 들었다.

'은사자 용병단을 막아낸 용병단. 거기다가 그 대장은 혼자서 기병 일곱을 상대하며……. 분명 허풍이겠지만 말 한 마리

를 들어 올린 무용담이 있다.'

유릭이 하발드를 물끄러미 쳐다봤다.

"뭐, 사과할 것까지야 없어. 그나저나 숲도 빠져나왔는데 이제 각자 길이 엇갈리지 않나? 우린 이대로 쭉 올라갈 건데."

유릭은 되도록 태양전사들을 떼놓고 싶었다.

'태양전사들은 존재만으로도 스벤과 북부인들을 자극해. 같이 행동해서 좋을 건 없어.'

하발드의 생각은 달랐다. 그는 용병단과 동행하고 싶어 했다.

"우린 마법사의 함정에 말을 모두 잃었지. 마을에 들러 말을 살 때까지만이라도 동행해도 괜찮지 않겠소? 더군다나 이 근방은 치안이 좋지 않소. 마법사 하나 때문에 우리가 파견된 것도 그 때문이지. 사치로 빚을 잔뜩 진 영주가 사병을 해체하다시피 해서, 영지에 몰려든 도적이나 범죄자들을 쫓아내지 못하고 있소. 조만간 작위와 영지를 박탈당할 거요."

유릭과 용병들은 치안이 좋지 않다는 말을 금방 실감했다. 숲을 빠져나와 반나절을 더 걸었을 때 그들은 저 멀리서 피어오르는 연기를 발견했다.

"빵 굽는 연기는 아니로군."

"괜히 휘말리지 말고 옆으로 빠져나가자고."

용병들은 불타는 농가를 발견했다. 회색 연기가 하늘 위로 솟아올랐다.

"도적 떼에게 습격받은 모양인데? 아, 저기 또 죽었다. 건물 안에 들어간 놈이 많아서 정확한 숫자는 모르겠지만 20여 명 정도 되는군."

유릭이 눈을 가늘게 뜨며 말했다. 그가 농가의 상황을 주변 용병들에게 알렸다.

"여기서 저게 보이는 거요?"

옆에 있던 하발드가 눈을 동그랗게 떴다. 그의 눈에는 그저 작은 점들이었다.

용병들은 유릭의 시력을 알고 있었지만, 태양전사 하발드에게는 충격적이었다. 야만인 출신인 태양전사단에서도 저렇게 눈이 좋은 사람은 없었다.

"유릭! 저들을 구하러 갑시다! 가자! 태양전사들이여!"

하발드가 칼을 뽑으며 외쳤다. 태양전사들은 당장이라도 달려갈 기세였다.

"엉? 우리가 왜?"

"도적들이 불쌍한 농부들을 약탈하고 있지 않소! 태양교의 신자라면 이를 묵살해선 안 되오!"

하발드가 소리를 쳤다. 그는 발을 동동 굴렀다. 용병들의 도움을 받으면 금방 도적들을 무찌를 수 있었다.

"농부는 땀을 흘린 만큼 땅에서 작물을 수확하고, 도적들은 피를 흘린 만큼 재물을 약탈할 뿐이야. 누가 나쁘고 말고 할 게 뭐가 있어. 내 가족도 아닌데 말이지."

유릭이 어깨를 으쓱했다. 하발드의 표정이 일그러졌다.

"태양신 루께서 당신의 말을 기억할 거요! 우리끼리라도 농부들을 구하겠소!"

하발드가 유릭을 경멸했다. 그는 태양전사들을 이끌고 언덕 아래로 뛰어갔다.

"태양 만세에에!"

"만세!"

"태양신 루여!"

태양전사들이 요란하게 소리를 지르며 불타는 농가로 뛰어갔다. 말이 없는 터라 달랑 다섯 명이서 뛰어가는 꼴이 우습기도 했다.

"지금은 우리 갈 길도 바쁩니다. 안타깝지만 유릭의 말처럼 우리가 저들을 신경 쓸 여유도 이유도 없습니다, 왕자님."

필리온이 말했다. 파헬이 킬리오스를 쓰다듬으며 필리온을 내려다봤다.

"경, 내가 누구인가?"

파헬이 무언가 생각하더니 말했다.

"포를카나 왕국의 유일무이한 적통 후계자이십니다."

필리온이 대답했다. 파헬이 눈을 감았다 뜨며 허리춤에서 칼을 뽑았다.

"그래, 나는 바르카 아누 포를카나. 장차 왕이 될 나조차 저들을 외면하고 돕지 않으면 누가 불쌍한 백성들을 돌본단 말이냐!"

"저들은 우리 왕국의 백성이 아닙니다, 왕자님. 자신의 영지민을 지키지 못하는 영주가 부끄러워해야 할 일이지 우리가 상관할 바가 아닙니다."

필리온도 기사다. 하지만 그의 기사도는 충의를 가장 우선한다. 주군의 안위를 위해서라면 그 어떤 비도덕적인 일도 두렵지 않았다. 그게 설사 신의 도덕률일지라도 말이다.

"도울 힘이 있으면서 자기 안위만을 생각한다면 그거야말로 부끄러운 일이다! 유릭! 네 고용주는 필리온 경이 아니라 나다! 자, 보아라! 유릭의 형제들이여! 반짝이는 보석이 너희들을 기다린다!"

파헬이 킬리오스를 타며 용병단을 한 바퀴 돌며 외쳤다. 용병들이 무기와 방패를 부딪치며 소리를 냈다.

"도련님 만세!"

"그래서 얼마를 줄 건데? 왕족 나리!"

용병들이 외쳤다. 파헬이 품에서 진주 주머니를 꺼내 유릭에게 던졌다.

"하하, 이 새끼들아. 뭐 해? 돈 받았잖아. 그럼 일해야지!"

고운 진주를 확인한 유릭이 용병들을 보며 외쳤다. 용병들이 고함을 치며 태양전사들을 따라 뛰었다.

용병들이 도적과 싸우던 태양전사들과 합류했다. 칼을 휘두르던 하발드가 용병들을 돌아봤다.

"올 줄 알았소! 태양교 신자라면 당연히 그래야지! 태양신 루를 찬양하라!"

피가 얼굴에 잔뜩 묻은 하발드가 외쳤다. 그는 태양 표식이 그려진 방패로 쓰러진 도적의 목을 찔렀다.

"태양 만세!"

태양전사들이 신의 이름을 외치며 싸웠다.

도적들은 비명을 지르며 죽었다. 녹슨 무기와 천옷을 입은 도적 떼였다. 잘 차려입어 봐야 모피 옷이 전부였다. 도적들은 용맹한 태양전사와 용병들의 상대가 아니었다.

"우와아아아아!"

용병들이 농가를 이 잡듯 뒤지며 도적들을 잡아서 질질 끌고 나왔다. 도적들의 수급이 바닥에 굴러다녔다.

"보수에 비해 너무 쉬운걸."

바크만이 침대 밑에 숨은 도적 하나를 발견하곤 창으로 깊게 찔렀다.

"컥."

창에 꿰인 도적이 밖으로 끌려 나왔다. 바크만이 단도를 꺼내서 도적의 숨통을 끊었다.

"이런 도적들을 정리하고 돈을 받으면 우리야 좋은 거지."

바크만 옆에 있던 용병이 대답했다.

"웃차. 바크만, 이거 좀 먹을래? 이야, 얼마 만에 먹는 말랑말랑한 빵이냐."

용병이 농가 식탁에 놓인 빵을 뜯었다. 다들 여유가 넘쳤다.

"아직 다른 놈들은 싸우고 있는데 그만 처먹어, 돼지야."

바크만이 핀잔을 주며 밖으로 나갔다. 전투는 거의 끝나가고 있었다. 도망가던 도적들이 등에 화살 따위를 맞고 픽픽 쓰러졌다.

전투가 끝나갈 무렵에 파헬이 농가로 들어섰다.

'불쌍한 농부들.'

파헬이 주변을 둘러봤다. 황폐해진 농가는 재건하는 데 시간이 꽤 걸릴 듯했다.

"아이고, 감사합니다. 정말 감사합니다."

"보답을 어찌해야 할지. 감사합니다, 나리."

살아남은 농부들이 감사의 인사를 했다. 겨우 목숨을 건진 자들이었다. 그들의 눈에 용병과 태양전사들은 구세주나 마찬가지였다.

끼익.

파헬이 헛간으로 들어섰다. 그는 칼을 뽑아서 느슨하게 잡았다.

"읍."

파헬이 지독한 피비린내에 입을 가렸다. 그는 눈을 크게 떴다.

깨진 판자 사이로 빛이 들어왔다. 짚 위에는 어린 소녀가 누워 있었다. 이제 열 살이 될까 말까 한 소녀였다. 동공은 흐릿했고 목에는 짙은 자상이 있었다. 죽은 지 얼마 안 된 소녀였다. 치마 밑으로는 유린당한 여자의 피가 흘러내렸다.

뿌득.

파헬의 동공이 커졌다. 이가 절로 갈렸다.

'어째서, 이렇게 어린아이에게 이런 짓을…….'

치밀어 오르는 구역질을 참았다. 그는 자신의 망토를 풀어서 소녀의 몸을 덮었다.

"태양신 루여, 부디 이 소녀의 영혼에 새겨진 고통을 지워 주시옵소서."

파헬이 기도했다. 짧은 기도문을 외운 그가 자리에서 일어서서 바깥으로 나갔다.

"하하! 도망가! 도망가 보라고!"

"잘 뛰는구나! 고 녀석, 참!"

바깥에서는 용병들이 활을 쏘고 있었다. 그들은 도망가는 도적 하나를 누가 맞히나 내기를 하고 있었다.

"병신아, 저것도 못 맞혀?"

"네가 한번 해보든가? 입만 산 새끼가."

용병들이 활을 번갈아 쐈다. 쫓기는 도적은 이리저리 추하게 몸을 비틀었다. 가까스로 화살들을 피한 도적이 언덕을 기다시피 하며 올라갔다.

"이야, 저 새끼 잘 피하는데? 잘하면 살겠어?"

방금 활을 쏜 용병이 휘파람을 불며 말했다. 도적이 언덕 능선을 거의 다 올랐다. 거기만 넘으면 살아남을 터다.

"놓쳤네, 놓쳤어. 운 더럽게 좋은 새끼네."

용병들은 굳이 도적을 끝까지 쫓지 않았다. 그들의 목적은 도적을 물리치는 거였지 전부 죽이는 건 아니었다.

"놓치지 마."

파헬이 다가오더니 용병의 활을 뺏어 들었다.

"어, 어? 도련님? 뭐 하는 거요?"

활을 뺏긴 용병이 어깨를 으쓱했다.

파헬이 활시위를 당겼다. 그가 쏜 화살은 도적의 발치에도 닿지 않았다.

'제길.'

헛간에서 죽은 소녀의 모습이 뇌리에서 지워지지 않았다. 헛구역질이 계속 올라왔다.

으득.

화가 났다. 저항도 못 하는 소녀를 겁탈하고 죽인 도적들이 미웠다.

'피에는 피를.'

복수는 태양신의 교리가 아니다. 증오와 분노는 온당치 않다. 격렬한 감정이 파헬을 자극했다.

'하지만 내 마음이 아파. 괴로워.'

파헬이 미간을 찌푸렸다. 그가 손가락을 입술에 대고 휘파람을 불었다.

"킬리오스!"

근처를 서성이던 킬리오스가 달려왔다. 킬리오스는 머리가 좋은 말이었다. 비록 인간의 손에서 벗어났던 야생마이지만 족보를 따라가면 분명 좋은 혈통인 게 분명했다.

"도련님?"

용병들은 파헬의 행동을 이해하지 못했다. 파헬이 킬리오스의 옆구리를 박차며 고삐를 힘껏 쥐었다.

'놓치지 않아. 내가 죽여 버리겠어.'

파헬이 말을 타고 농가를 가로질렀다.

"파헬?"

유릭은 파헬이 뒤에서 달려오는 걸 봤다.

"유릭! 저놈을 놓치지 않을 거야! 내 뒤에 타!"

파헬이 킬리오스를 잠시 세우며 외쳤다. 유릭이 어깨를 으쓱하며 뒤에 올라탔다.

"고용주 말이라면 들어야지."

두 명을 태운 킬리오스가 언덕을 올라갔다. 도망간 도적이 금방 가까워졌다. 힘차게 달린 킬리오스가 길게 숨을 내뱉었다.

"유릭! 저놈을 잡아!"

파헬이 도적 옆까지 말을 몰며 말했다. 유릭이 말에서 뛰어내리며 도적을 덮쳤다.

쾅당!

유릭이 커다란 덩치로 도적을 찍어 눌렀다. 도적이 저항하며 빠져나가려고 했다.

"야, 이 새끼야. 그만 움직여."

우득.

유릭이 어린아이 손목을 꺾듯이 도적의 팔을 비틀었다.

"끄, 꺼어어억!"

도적이 비명을 지르며 부들부들 떨었다.

뿌드득.

유릭이 도적의 머리채를 잡아서 땅바닥에 내던졌다. 머리카락이 두피와 함께 뜯겼다.

키잉!

파헬이 말에서 내리며 칼을 뽑았다. 그가 쓰러진 도적의 목에 칼을 댔다.

"나, 나리! 한 번만 살려주십쇼. 다신 도적질을 하지 않겠습니다. 제발! 목숨만은! 태양신의 자애를 기억하십쇼!"

도적이 부러진 팔로 엎드리며 빌었다. 유릭이 그 뒤에 서서 파헬을 관찰했다.

'떨고 있군, 파헬.'

파헬의 입술과 손이 떨리고 있었다. 그는 한 번도 살인을 해 본 적이 없었다.

"죽이기 힘들면 내가 할까? 나는 이미 수도 없이 사람을 죽였어. 아무렇지도 않아."

유릭이 말했다. 그 말을 들은 도적이 기겁하며 유릭에게 엎드리며 빌었다.

"나리! 나리! 전사 나리!"

도적이 오줌을 지렸다. 얼굴에는 눈물과 콧물이 피와 뒤섞여서 꼴사나웠다.

파헬이 유릭의 눈을 응시하다가 고개를 저었다. 그는 결심의 칼을 들어 올렸다.

푸— 욱!

파헬의 칼이 도적의 가슴을 관통했다. 인간의 목숨을 뺏는 감각. 살을 파고드는 감촉은 생각보다 부드러웠다. 머릿속에서는 온갖 장면이 스쳐 갔다.

빛나는 태양, 헛간에서 죽은 소녀, 서늘한 칼날.

핏물이 파헬의 뺨까지 튀었다.

"커어억."

도적이 파르르 경련하다가 죽었다. 파헬은 도적의 가슴에 박힌 칼을 뽑지도 못하고 주저앉았다. 참았던 구토를 했다.

"흐으윽. 끅."

파헬이 땅바닥에 엎드리며 어깨를 들썩였다. 흙을 움켜잡으며 신음했다.

쌓인 분노를 털어냈다. 분노가 빠진 자리에는 공허함만 맴돌았다. 허전한 감정이 채워지지 않았다. 이젠 돌이키지 못한다. 파헬은 자신의 손으로 사람을 죽였다.

'나는 왕이 될 사람이다.'

왕이 될 사람이 손에 피를 묻히지 않을 수가 있으랴. 머나먼 미래도 아니다. 조만간 숙부의 피를 묻혀야 할 손이다.

'이건 예행연습일 뿐이야. 아무것도 아니야.'

울음이 멈추지 않았다. 유릭의 파헬의 머리에 손을 올렸다.

"별거 아니야. 파헬, 여자를 안는 것과 살인은 남자가 되는 통과의례인 거지."

유릭이 웃었다.

"여전히 가슴이 아파. 내 가슴이 꿰뚫린 것 같다고. 죽이면 속이 시원할 것 같았는데 그렇지 않아."

파헬이 가슴팍을 쥐어짰다.

"처음만 그래. 좀 더 죽이다 보면 무감각해질 거야. 굳은살이 박이는 것처럼."

파헬이 유릭을 돌아봤다. 유릭의 말이 서늘하게 다가왔다.

"……도시로 가면 고해성사를 해야겠어."

파헬이 힘없이 일어섰다. 성직자를 만나 죄악감을 털어내고 싶었다.

"계집애처럼 굴지 마, 파헬. 지금까지 너 때문에 사람이 얼마나 죽었다고 생각해? 자기 손으로 사람 하나 죽였다고 세상 다 잃은 것 같은 표정 짓지 마. 넌 돈이 많은 왕족이잖아. 좀 뻔뻔해져도 돼. 지금처럼 턱짓과 손짓으로 사람을 죽이라고. 돈만 주면 내가 다 죽여줄 테니까."

파헬이 고개를 들었다. 유릭이 손을 뻗으며 파헬이 일어서길 기다리고 있었다. 유릭은 여전히 웃고 있었다.

파헬도 같이 웃었다. 아직도 울음기가 가시지 않은 목구멍이라 엉망진창인 웃음이었다.

"돌아가자, 유릭. 다른 사람한테는 내가 울었다는 소리 하지 마."

파헬이 유릭의 손을 잡으며 일어섰다.

유릭은 돌아가자마자 파헬이 사람을 죽이고 질질 짰다고 떠벌렸다. 그날 저녁의 이야깃거리였다.

용병단과 태양전사들은 이틀 동안 더 동행했다.

"함께해서 즐거웠소. 유릭의 형제들! 그리고 파헬. 그대의 정의로운 마음을 태양신께서 기억할 거요!"

도시에 도착한 하발드가 말했다. 태양전사들은 말을 사서 그날 도시를 바로 떠났다.

"재미없는 양반들이야. 사창가 한번 들르지 않고 저렇게 휑하니 떠나네."

태양전사들이 가고 나서 용병들이 말했다. 그들은 간만에 들른 도시의 풍경에 신이 났다.

이번 도시는 규모가 작았고, 용병단 전원의 도시 체류는 허가받지 못했다. 도시 바깥에서 용병들이 야영을 했다.

야영지에는 용병단 간부들과 필리온이 모여서 일정을 확인했다.

"곧 황제 직할령에 들어가네. 거기서부터는 하르마티 공작도 어쩌지 못하겠지. 관문에서 우리 신분을 밝히고 제국군에게 보호를 요청할 걸세."

필리온이 양피지 지도를 펼치며 말했다. 황제 직할령은 황제가 직접 다스리는 땅이다. 직할령의 치안은 무척이나 좋아서, 도적 무리 하나 보기 힘들다.

"하, 곧 황제 직할령이로군. 여기서부터가 진짜 제국이지."

황제 직할령에 가 본 적이 있는 용병들이 말했다. 들뜬 기색이 역력했다.

문명세계의 영토 구분은 황제 직할령, 제국 직할령, 속국령으로 나뉜다.

황제 직할령은 말 그대로 황제가 직접 다스리는 문명의 중심세계. 제국 직할령은 제국 귀족들이 다스리는 봉토들이며, 속국령은 50여 년 전에 '대통합 전쟁'으로 제국에 귀속된 일곱 왕국의 영토. 이 모든 영토를 통틀어 제국령이라 칭하며 남부와 북부 극단에는 아직도 야만인의 땅이 미약하게나마 남아 있다.

'우리 포를카나도 일곱 왕국 중 하나지.'

포를카나가 다른 속국보다 앞서는 점은 해안 왕국이라는 점이다. 포를카나는 동부의 해안선 대부분을 점하고 있는 왕국이다. 포를카나 하면 누구나 바다를 떠올린다.

"황제 직할령에 들어가면 우리의 임무가 끝나는 건가?"

"그건 아닐세. 직할령이 안전하긴 하지만, 위협이 아예 사라진 건 아니지. 직할령을 지나서 제국 수도에 도착하더라도, 보수는 바르카 왕자님이 왕위를 무사히 잇고 난 뒤에 지불할 수 있네. 그때까지는 왕자님의 사병 역할을 해줬으면 좋겠군."

필리온이 조심스레 말했다. 용병들의 안색을 살폈다. 파헬이 성인이 되기까지는 앞으로 석 달 정도 남았다. 그때까지는 제국 수도에서 체류할 예정이었다.

'어쩌다 용병들의 눈치를 살피는 신세가 된 건지……. 자업자득이긴 하지만…….'

필리온이 용병들의 대답을 기다렸다.

용병들은 미래의 왕이 약속한 보수 때문에 여기까지 따라왔다. 아무리 속국에 불과한 포를카나라도 왕국은 왕국이다. 파헬이 왕이 된다면 용병들의 인생을 바꿀 보수를 기꺼이 지불할 것이다.

'그래도 그간 왕자님과 용병들 사이가 좋아졌어. 특히 용병대장 유릭과 가까워졌지.'

돈에 좌지우지되는 용병들은 믿기 힘들었지만, 그들의 대장인 유릭은 믿을 만한 사람이었다.

"어차피 경비는 그쪽에서 지불할 거잖아. 그러면 용병들도 반발은 없을 거야."

유릭이 다른 용병들을 보며 말했다. 용병들이 고개를 끄덕이며 동의했다. 다들 어설픈 마음으로 이번 일에 뛰어들지 않았다. 인생을 바꿀 기회라 생각하고 여기까지 왔다.

"좋네. 보급을 끝내고 출발하지. 다음 보급은 황제 직할령에서 할 걸세!"

필리온이 이동 경로를 오른손으로 가리키려다가 왼손으로 바꿨다. 아직도 가끔씩 오른손가락을 대부분 잃었다는 걸 까먹곤 했다. 필리온은 쓴웃음을 지었다.

일정을 확인한 용병들이 흩어졌다. 유릭도 다른 용병들처럼 도시로 들어가려 했으나, 그 뒤로 필리온이 따라붙었다.

"용병대장 유릭."

"엉? 왜? 뭐, 부탁할 거라도 있어?"

유릭이 필리온을 돌아봤다. 유릭은 대장간으로 갈 생각이었다. 도끼날이 많이 무뎌졌고 손잡이도 충격으로 닳아서 흔들흔들했다.

"앞으로 왕자님을 잘 부탁하네."

필리온이 목을 살짝 까딱이며 말했다.

"아저씨, 갑자기 남사스럽게 왜 이래? 내가 뭘 잘못이라도 했어?"

유릭이 필리온의 등을 툭툭 치며 말했다.

"왕자님은 자네를 각별하게 생각하네. 격 없이 대해주는 또

래는 처음이었거든. 마치 형제처럼 말이야."

유릭이 머리를 삐딱하게 숙였다. 그가 키득키득 웃었다.

"그건 곤란한데. 나는 파헬같이 약해빠진 놈을 형제로 생각하진 않거든. 형제는 어깨를 맞댈 수 있는 전사들이지. 아무렴."

"고작 그렇게 생각하고 있었던 건가……. 자네의 생각은 아무래도 왕자님과 다른 모양이군."

필리온이 이맛살을 찌푸렸다. 파헬의 마음이 무시당했다.

유릭은 태양 펜던트를 매만지며 필리온의 얼굴을 바라봤다.

"그래, 파헬이 내 형제는 아니지. 녀석에겐 그럴 자격이 없어. 내게 형제란 그런 존재거든."

유릭의 눈동자가 태양 펜던트를 좇았다. 세례받던 순간이 기억났다. 문명세계에서는 사람들 숫자만큼이나 다양한 삶의 방식이 있었다.

"…하지만 친구라곤 생각해. 내가 문명세계에서 처음 만든 친구지. 손이 많이 가는 친구. 그러니까 걱정 말라고, 필리온 경."

필리온이 그제야 웃었다.

"고맙네, 유릭."

황제 직할령과 가까워질수록 풍경이 바뀐다. 도시와 도시를 이어주는 가도는 끊어지는 곳이 없어서 지도 없이도 길을 찾을 수 있을 정도였다.

"돌로 만든 도로?"

유릭이 허리를 숙이며 도로를 매만졌다. 지금까지 오갔던 흙길이 아니었다. 인공적으로 만든 포장도로였다.

"제국도로다. 황제 직할령에 가까워졌다는 증거야. 황제직할령은 일개 왕국만큼 커. 봉신을 쓰지 않고, 자신의 관료들을 파견해서 직할령을 왕국 규모로 유지하고 있지. 그게 가능한 이유가 제국도로 때문이야. 도로 덕분에 직할령 전체를 황제가 통제할 수 있을 정도로 병력 이동이 빠르고, 물자와 서신 전달이 용이하니까."

파헬이 자신의 업적인 양 자랑스레 말했다.

"이런 도로라면 이동이 편하겠는걸. 비가 와도 땅이 젖지 않고, 길을 잃을 염려도 없잖아. 대단해……. 인간의 솜씨가 아닌 것 같군."

유릭이 도로를 따라 걸으며 말했다. 그는 문명세계에서 돌로 만든 여러 건축물을 봤지만, 이렇게 엄청난 대규모 토목공사는 처음이었다. 아무리 걸어도 도로가 끝이 없었다.

'이게 인간의 힘으로 만든 거라고?'

상상도 가지 않았다. 얼마나 많은 사람이… 얼마나 오랜 시간을 투자해서 만든 도로일까?

"덕분에 말도 안 될 정도로 넓은 크기의 황제 직할령을 유지하는 거지. 직할령 주변의 귀족들은 항상 떨고 있어. 제국 도로가 닿는 범위가 나날이 넓어지고 있으며, 황제는 직할령을 늘리기 위해 주변 귀족들의 작위를 뺏고 있으니까."

세상의 주인이라는 이명으로도 불리는 황제. 다른 왕들과는 비교가 되지 않을 정도로 황제는 강대한 권력과 힘을 쥐고 있다. 모든 힘의 원천은 땅에서 나온다. 강력한 군주들은 언제나 더 많은 땅을 탐했다.

"황제 직할령이 진정한 제국이라는 말도 이래서 나온 거지. 세상의 힘이 이곳으로 집중되고 있어. 문화고 문명이고 인류의 모든 역량이 여기에 있지."

파헬이 도로의 끝을 바라봤다. 그는 제국을 동경했다. 글줄 좀 배웠다는 제국령의 소년들은 언제나 제국의 문화를 동경했다. 제국 수도는 권력의 중심지지만 학문의 중심지이기도 하다.

수많은 귀족 소년들이 제국 수도로 유학을 떠났고, 선진문물을 배워 돌아왔다.

'나도 부왕께서 쓰러지지만 않으셨으면, 진작…… 유학을

떠났겠지.'

파헬이 쓰게 웃었다. 부왕께서 쓰러지신 지 일 년. 유일한 적통 후계자인 자신은 하르마티 공작을 피해서 망명하는 처지가 됐다.

"아직도 믿기 힘들어. 이게 사람의 힘으로 만든 거라니."

유릭이 고개를 들었다. 용병단 말고도 사람들이 도로를 따라 오가는 게 보였다. 도로는 언덕을 깎고 숲까지 가로질렀다. 험지가 없었기에 마차와 말들이 길을 따라 쭉 나아갔다.

"가도순찰대다."

도노반이 저 앞을 보며 말했다.

다섯 명씩 무리 지어서 도로를 따라 오가는 군인들이 보였다. 제국의 자색 독수리 깃발을 들고 다니는 가도순찰대였다. 그들은 항상 도로의 상태와 치안을 점검했고, 그 덕에 도로 주변에는 도적이나 강도 따위가 없었다.

황제 직할령의 치안과 행정력이 대단했다. 아직 직할령 안으로 들어서지도 않았는데, 유릭은 그 힘을 벌써부터 느꼈다.

"용병들이군. 사고 치지 마시오. 자색 독수리가 언제나 지켜보고 있으니."

가도순찰대가 한마디 툭 던지며 지나갔다. 그들은 말 위에서 용병들을 내려다봤다. 오만함에 가까운 자신감이었다. 그들에게는 세상에서 가장 강한 군대라는 자부심이 있었다.

"되게 잘난 척하네. 어이, 도노반. 너도 예전에 제국 군인이 었잖아. 한마디 해봐!"

용병 하나가 말했다. 도노반이 웃으면서 지나가는 순찰대를 흘겨봤다.

"이미 옛날 일이지. 지금은 야만인 밑에서 구르는 용병일 뿐. 인생사, 사람 앞길은 어찌 될지 모른다고. 다들 몸조심하면서 살아."

도노반이 순찰대가 사라지는 걸 끝까지 지켜봤다. 저 군인들의 모습은 도노반의 엇갈린 미래 중 하나였다.

'나도 저들의 일원이 될 수 있었다.'

이미 지나간 일이다. 지금 도노반은 상관 살해로 불명예제대 한 용병이다.

용병단은 제국도로를 따라 쭉 걸었다. 도로를 따라 하루를 더 걸어가자 직할령으로 통하는 관문이 보였다. 그 앞에는 야영을 하는 무리가 많았다. 검문은 꼼꼼하고 까다로웠기에, 도착하더라도 며칠을 기다려야 통과할 수 있었다.

"드디어 도착했어."

파헬이 지친 얼굴로 말했다. 그의 얼굴은 떠날 때와 달리 때와 먼지로 얼룩졌다. 좋은 옷은 낡고 해져 지저분했다. 하지만 눈동자만큼은 여전히 푸르게 빛났다.

황제 직할령 제12관문대장 오베르는 부지런한 관료가 아니었다. 그는 대부분의 업무를 부관들에게 맡기곤 본인은 유흥을 즐겼다.

'뼈 빠지게 일해봐야 강철 기사단도 못 들어가는걸.'

오베르가 흐리멍덩한 눈으로 술을 마셨다. 대낮부터 술을 마셨지만, 이곳 관문에서는 그가 최고 책임자였다. 아무도 그를 문책하지 못한다.

한때, 오베르도 용맹한 기사였다. 그는 10년 전에 있었던 야만인 잔당 토벌에 참전했었다. 그는 귀족 가문의 삼남으로 태어나 영지를 상속받지 못했기에, 출세할 방법은 무공뿐이었다.

"끄억. 다 옛날 일이지. 그때 그 일만 아니었어도……."

오베르가 크게 트림하며 배를 두들겼다. 기사인데도 뱃살이 나와 있었다. 이리저리 줄을 서서 관문대장 자리까지 올라섰다. 백 명의 군인을 거느리는 자리였다.

'내 꿈은 강철 기사단에 들어가서 귀부인들과 말년을 보내는 거였는데. 제기랄.'

제국강철 기사단. 제국기사라면 누구나 꿈꾸는 황제 직할 부대였다.

관문대장도 나쁜 지위는 아니다. 하지만 오베르는 수도 생활을 꿈꾸는 남자였다. 이런 한직으론 성이 차지 않았다.

'칼로 공을 세우는 시대도 끝났어. 이제 제국의 적은 없다.'

오베르는 검의 시대가 끝났음을 안다. 남부와 북부는 정벌이 끝났다. 남은 야만인 잔당은 사람이 살기 힘든 땅에서 연명할 뿐이었다. 정복할 곳은 더 이상 없다. 일곱 속국은 팔다리가 꺾여서 제국을 거역하지 못한다.

'기사가 공을 세워 자리를 차지하는 시대는 끝났어. 내 인생도 시시한 관문대장으로 끝나겠지.'

오베르가 집무실 한쪽에 놓인 판금갑옷을 바라봤다. 제국 강철 기사들은 판금갑옷을 비롯해 모든 강철 무구를 국가에서 지원받는다. 하지만 오베르 같은 일반 제국기사들은 대를 이어 물려받거나 자비를 털어 사야 했다.

'아버지에게 영지 대신에 물려받은 판금갑옷.'

오베르 로카스트르. 그의 이름이다.

오베르에겐 두 명의 형이 있었다. 큰형과 작은형은 영지를 둘로 나눠 가졌고, 두 사람은 로카스트르 가문 통합을 명분으로 형제끼리 피를 흘렸다. 장남은 차남에게 패해 죽었고, 차남은 로카스트르 가주가 되었다.

오베르는 영지를 상속받지 못했기에 피비린내 나는 형제 싸움에서 벗어났다.

"내게 남은 건 이 갑옷뿐이지."

오베르가 술병을 들고 갑옷 앞까지 걸어갔다. 전신판금갑옷은 제국기사의 상징이지만, 돈이 없어서 흉갑이나 투구만 갖춘 기사도 수두룩했다. 아니면 사슬갑옷을 입은 자도 많았다.

판금갑옷 제작 기술은 제국 공방의 기밀이다. 제국강철을 사용하며 독특한 공정을 거쳐 제작하는 갑옷이다. 품질이 낮은 철과 어설픈 기술로 판금갑옷을 제작해 봐야 쓰지도 못할 폐품이 나온다.

오베르가 판금갑옷을 보며 감상에 빠져 있었다. 이걸 입고 전장을 누비던 시절을 생각했다.

"대장님! 오베르 대장님!"

부관 하나가 호들갑을 떨며 안으로 들어왔다.

"끄윽. 무슨 일이야? 감찰관이라도 온 거냐? 오늘이 내가 쫓겨나는 날인가 보군."

오베르가 말했다. 대낮부터 술 먹은 꼴을 감찰관이 와서 본다면 당장 관문대장 자리에서 쫓겨날 터다.

"그, 그게 아니라. 관문에 왕족이 왔습니다!"

"왕족? 그냥 인장 찍고 보내드려. 왕족이 통과하는 게 하루 이틀 일이야? 아님 관문에서 소리라도 지르며 난리를 피우더냐?"

"아뇨! 망명 요청입니다!"

부관이 말했다. 오베르가 술병을 내려놓았다.

"…어디 왕족이라고 하더냐?"

"바르카 아누 포를카나 왕자입니다! 망명과 더불어 제국 수도까지 호위를 요청했습니다."

정신이 번쩍 들었다. 사정은 모르지만 망명 요청은 보통 일이 아니었다.

"당장 차가운 물 가져와!"

오베르가 찬물로 세수를 했다. 정신이 번쩍 들었지만 입에서는 아직도 술 냄새가 났다.

'이번 일만 잘 풀리면…….'

물기를 닦은 오베르가 생각했다. 그는 종자를 불러서 판금 갑옷을 입었다. 몸통 부분이 맞지 않아서 끈을 느슨하게 묶었다.

"멋집니다! 대장님!"

종자가 오베르에게 아부했다. 오베르는 오랜만에 입는 갑옷 덕분에 자신감이 붙었다. 그가 뒤뚱뒤뚱 걸어서 응접실로 갔다.

끼익.

오베르가 응접실로 들어갔다. 그곳엔 지저분한 청년과 험상궂은 사내들이 있었다.

'저 청년이 왕자로군.'

응접실에서 기품이 서린 얼굴은 한 명뿐이었다.

"관문대장 오베르 로카스트르입니다."

오베르가 투구를 벗으며 말했다.

"바르카 아누 포를카나입니다, 오베르 로카스트르 경."

파헬이 일어서며 말했다.

"오베르라고 불러주십쇼. 먼 길을 오셨군요. 포를카나에서 황제 직할령까지라니."

"루의 가호가 있었던 거죠. 내 옆에 있는 사람은 기사 필리온 경, 내 뒤에는 날 호위한 용병들이요."

몇 마디 인사치레가 더 오갔다. 오베르는 물끄러미 파헬을 쳐다봤다.

"수도에 사람을 보내놨습니다. 곧 왕자님의 신원을 확인할 사람이 오겠죠. 그때까지는 여기에 머무르셔야 하겠습니다. 귀빈실을 비워뒀습니다."

오베르가 친절하게 말했다.

"고맙습니다, 관문대장 오베르."

파헬이 친절을 받아들였다. 비록 소왕국이지만 왕족이라는 명함은 충분히 먹혔다. 관문대장 오베르는 파헬의 환심을 사려고 열심이었다.

"그리고 용병들은 관문 바깥에서 야영하시오."

용병단에게는 오베르의 말투가 딱딱했다.

"어? 어? 저놈은……."

오베르가 용병들을 바라보다가 소리를 크게 냈다. 유릭과 간부급 용병만 파헬을 따라왔다.

"제길."

도노반이 중얼거렸다. 오베르가 도노반을 알아보곤 인상을 찌푸렸다.

"상관 살해자 도노반!"

명백한 적의가 담긴 말이었다. 유릭이 도노반과 오베르를 번갈아 봤다.

"도노반, 너 유명한 놈이었냐?"

"그냥 아는 사람을 만났을 뿐이다."

도노반이 시선을 피하며 말했다. 오베르가 혀를 찼다.

"길에서 객사한 줄 알았는데, 용병업이나 전전하고 있었군. 너한테 딱 맞는 일이다, 도노반!"

"오베르 부관, 출세했군요. 관문대장이라니, 멋집니다. 멋져."

도노반이 놀리듯 박수를 쳤다.

"네가 대장을 죽인 탓에 우리 부대는 그대로 후방으로 갔지! 그것만 아니었으면 나는 지금쯤……."

"지금쯤이 아니라, 훨씬도 전에 야만인 도끼에 머리가 쪼

개졌겠죠. 그날 대장의 명령을 따라 돌격했다면 다 죽었을 겁니다."

"헛소리! 용케도 입만 살아서 지껄이는구나."

분위기가 사나워졌다. 오베르와 도노반은 보통 악연이 아니었다.

"그날 저놈도 죽였어야 했는데. 쳇. 어차피 그놈이 그놈인데, 목숨을 구걸한다고 살려준 내가 등신이지."

도노반이 중얼거렸다. 그 말을 오베르도 듣고 있었다.

"이, 이 새끼가!"

오베르는 당장이라도 칼을 뽑을 기세였다.

파헬이 벌떡 일어서며 유릭에게 신호를 보냈다.

"입 좀 닥쳐, 도노반."

유릭이 도노반의 팔을 잡으며 진정시켰다. 도노반이 움찔하며 주변을 둘러봤다. 그가 흥분을 가라앉히며 먼저 방을 나갔다.

"진정하십쇼, 오베르 경. 지금 누구 앞이라고 생각하십니까."

파헬이 오베르를 보며 말했다. 오베르는 파헬의 환심을 사려고 했다. 파헬의 말이 충분히 먹혀들어 갔다.

"크흠, 죄송합니다. 바르카 왕자님. 저놈은 제가 있던 부대에서 천인공노할 죄를 저지른 놈인지라. 제가 속해 있던 부대장을 저놈이 죽였죠. 원래라면 군법으로 사형당해도 싼 놈이었으나, 페르젠 장군의 아량 덕분에 목숨만 건진 놈입니다. 제 이름을 걸고 말하는데, 저놈은 믿을 수 있는 용병이 아닙니다."

"걱정 마시죠. 제가 믿는 건 이 용병대장 유릭이니까. 유릭은 용병단을 확실히 통제하고 있습니다."

오베르가 턱을 매만졌다.

"흐음, 야만인 대장이 있는 용병단이라……. 어쨌든 사죄의 뜻으로 오늘 저녁 식사에 초대하겠습니다. 용병대장도 말이요."

오베르가 유릭과 파헬을 번갈아 보며 말했다. 파헬과 유릭이 고개를 끄덕였다.

"그놈, 그러니까 도노반과 저는 페르젠 장군 휘하 부대였습니다."

오베르가 칠면조 다리를 잡아서 뜯으며 말했다. 그가 한입 가득 고기를 깨물었다.

"그 검귀 페르젠 말입니까?"

파헬이 반문하자, 오베르가 자랑스러워하며 웃었다.

"그렇죠. 그 검귀 페르젠입니다! 저는 아직도 페르젠 장군 밑에서 싸웠다는 사실을 명예로 여기고 있습니다. 당시의 저는 제6보병대의 부관을 맡고 있었죠. 제 직속상관이자 제6보병대장은 루몽드 경이었습니다. 그분은 명예를 아는 기사였죠."

파헬과 유릭은 오베르와 같은 식탁에 앉아 있었다. 그 옆에는 필리온도 있었다.

"…유릭, 오베르의 이야기를 듣는 척이라도 해. 식사 초대를 해준 사람의 말을 경청하지 않으면 실례잖아. 문명인의 예의라고."

파헬이 유릭의 다리를 툭툭 차며 속삭였다.

허겁지겁 고기를 뜯어 먹던 유릭이 고개를 들었다. 그는 손가락을 쪽쪽 빨며 오베르를 보곤 웃었다.

"어? 음. 명예! 그렇지! 문명인들은 명예를 알지! 아무렴!"

유릭이 과장된 감탄사를 터트리며 말했다. 파헬이 자기도 모르게 작은 웃음을 터트렸다.

"크흠. 흠. 식사가 입맛에 맞으시는 것 같으니 다행입니다."

오베르가 목청을 가다듬자, 파헬이 다시 오베르의 이야기에 집중했다.

"좋은 식사군요. 십 년 전에 있었던 야만인 잔당 토벌은 저도 이야기로 여러 번 들었습니다. 우리 왕국의 기사들도 많이 참전했었죠."

파헬이 침착하게 대답했다.

"루몽드 경은 용맹한 기사였습니다. 야만인 무리……."

오베르가 그렇게 말하다가 유릭의 눈치를 살폈다.

"상관없어. 말하라고. 난 태양교로 개종했어. 이거 보이지? 태양신 루를 찬양하라! 태양 만세!"

유릭이 칠면조 뼈를 입안에서 발라내 뱉으며 말했다. 그는 태양 펜던트가 문명인에게 잘 먹힌다는 걸 안다.

"루몽드 경은 야만인들의 함정을 두려워하지 않고 앞으로 나아갔죠. 전과도 많이 올렸습니다. 하지만 어느 날, 분수도 모르는 도노반이 병사들을 선동해서 루몽드 경의 작전에 반대했죠. 반란은 성공했고, 루몽드 경은 도노반의 칼에 죽었습니다. 상관을 살해한 배은망덕한 놈인 거죠."

"하지만 도노반은 아직 살아 있습니다. 불명예제대 정도로 끝났더군요."

"그건 페르젠 장군의 아량 덕분입니다. 승전을 축하하는 날인지라, 사형을 집행하지 않고 불명예제대 시키는 선에서 끝낸 거죠. 제가 놈을 재판에 넘기지 않고 즉결 처형으로 저놈의 목을 베었어야 했습니다. 이렇게 용병이 된 저놈과 다시 만날 줄이야. 뻔뻔하게 살아 있는 걸 보니 구역질이 나는군요."

오베르가 이를 바득바득 갈았다.

"내가 들은 이야기는 좀 다른데. 도노반은 댁이 목숨을 구걸해서 살려줬다고 하던데?"

유릭이 웃었다. 그 말을 들은 오베르가 벌떡 일어났다.

"무슨 망발이요! 용병대장! 그, 그놈의 말을 믿는 거요? 난 제국의 기사란 말이오."

"당연히 댁보다 같은 용병단인 도노반의 말을 믿지. 도노반이 댁도 같이 죽여야 했다고 바득바득 이를 갈더라고. 대단히 미움 받는 상관이었나 봐?"

"날 모욕하지 마시오, 용병대장 유릭! 바르카 왕자의 얼굴을 봐서 이번은 그냥 넘어갈 테니!"

오베르가 다시 자리에 앉았다. 유릭은 싱글벙글 웃었고, 파헬이 인상을 다시 찌푸리며 유릭의 다리를 툭툭 찼다.

"그나저나 한 번씩 이야기가 들리던데, 그 페르젠이라는 사람이 유명한가 봐?"

유릭이 말하자 모두의 시선이 몰렸다.

"검귀 페르젠을 모르는 사람이 있다니! 야만인들도 다 아는 페르젠을! 도대체 어디 촌구석 용병단인 거요?"

오베르가 목청을 높이며 말했다. 창피를 주는 말이었지만 유릭은 안색 하나 바뀌지 않았다.

"모르는 걸 묻는 게 부끄러운 일은 아니지. 난 모르는 게 많다고. 다 가르쳐 줘. 끄윽."

유릭이 포도주를 벌컥벌컥 마셨다. 유릭이 청동잔을 내밀자 시종이 포도주를 다시 채웠다.

"검귀 페르젠! 스무 살이 되기 전에 '대통합'에 참전했고, 중년에는 '대정복'의 선봉에 섰으며, 불과 십 년 전이었던 '야만인 잔당 토벌'에서도 현역으로 싸운 기사요. 기사 중의 기사라고 불리는 분이지! 반세기를 전장에서 살았던 분이오! 우리가 태어나기 전부터 칼을 잡으셨지!"

"이야, 그럼 나이가 몇 살이라는 거야?"

유릭이 흥미를 가졌다. 그가 탁자에 팔꿈치를 대며 턱을 괴었다.

"올해로 일흔둘을 넘으셨소."

"그 사람이 문명인 중에서 가장 강하다는 거야?"

"그건 확답할 순 없으나, 적어도 그분보다 유명한 기사는 없지. 앞으로도 없을 거요."

오베르가 스스로 말하며 고개를 끄덕였다.

유릭이 파헬을 쳐다봤다. 유릭의 입가가 씰룩였다.

"파헬, 수도에 가면 그 페르젠이라는 사람도 만날 수 있는 거야?"

"우린 수도에서 적어도 두 달은 체류할 거야. 운이 좋다면 만날 수도 있겠지."

"수도에 가야 하는 이유가 또 늘었는걸. 멋지군."

유릭이 무릎을 치며 소리 내어 웃었다.

'일개 용병대장이 페르젠 장군의 얼굴을 보겠다고? 나 원.'

오베르는 속으로 비웃었다.

'바르카 왕자도 용병대장과 너무 격 없이 지내는군. 하여튼 소국의 왕족들이란.'

일곱 왕국은 점점 약해졌고, 제국의 국력은 나날이 강해졌다. 제국의 대귀족이면 왕족들 못지않은 권세를 지녔다. 왕국의 독립은 요원한 일이다.

'자신의 숙부에게 쫓겨 제국까지 망명하는 신세라니. 불쌍하기도 하고 한심하기도 해.'

오베르가 파헬을 쳐다보다가 시선을 거뒀다. 아무리 소국이라지만 왕족은 왕족이다. 밉보여서 좋은 건 없었다.

"파발을 보내놨으니, 왕자님을 모시러 호위대가 따로 올 겁니다."

"고맙습니다, 오베르 경."

"아무쪼록 수도에서도 제 정성을 잊지 마시길."

오베르가 히쭉 웃었다.

"오베르 경의 친절을 널리 알리겠습니다."

파헬도 오베르가 무얼 바라는지 알고 있다. 제국 수도의 높으신 분들에게 이름을 언급해 달라는 말이었다.

'오베르는 마음에 들지 않는 사람이지만 적어도 내게 친절

하게 대해주고 있어.'

마음에 들지 않는다고 막대해서는 안 된다. 파헬은 하나둘씩 배워가고 있었다.

'경솔하게 행동하지 마, 바르카 아누 포를카나.'

파헬은 스스로에게 말했다.

'난 숙부나 아버지처럼 전장에 서서 존경을 얻을 순 없어. 그런 시대는 지났으며, 설사 칼의 시대라도 내겐 무재가 없으니까. 나는 정치가가 되어야 해.'

파헬은 자신의 감정을 숨기려고 노력했다. 예전처럼 감정적으로 모든 일에 반응하지 않았다.

'말하기 전에 한 번 더 생각해라.'

파헬의 노력이 빛을 발했다. 금방 오베르가 이런저런 말을 파헬에게 터놓았다.

"그때, 그 도노반이 그런 짓만 안 했다면…… 저는 루몽드 경과 함께 강철 기사단에 들어갔을 겁니다. 루몽드 경은 저를 각별히 아꼈으니까요. 빌어먹을 도노반."

오베르가 술기운이 올랐는지 욕설을 했다. 파헬이 헛기침을 했다.

"흠, 흠."

"아아, 죄송합니다, 바르카 왕자님. 감정이 격해진 터라."

"이해합니다, 오베르 경."

"바르카 왕자님은 나이에 비해 굉장히 성숙하시군요. 요새 귀족이나 왕족 청년들은 말이죠……. 전쟁을 겪지 않아서 그런지 좀 철이 없고 건방지기만 하죠. 칼을 직접 들고 사람도 안 죽여본 어린 분들이… 자기 아버지와 선조들이 쌓아온 업적을 자기 것인 양 착각하거든요."

오베르가 자신의 속내까지 말했다. 파헬이 뜨끔했다. 자신도 얼마 전까지만 해도 그런 족속이었다.

똑, 똑.

누군가 식당으로 들어왔다. 바크만이었다. 그가 유릭을 찾고 있었다.

"뭐야? 바크만? 너도 앉아서 먹을래?"

유릭이 웃으며 권했다. 바크만은 고개를 저었다. 그의 표정이 창백했다.

"유릭, 도노반이 누군가에게 습격당했어. 사창가에 들렀다가 호되게 얻어맞은 모양이야. 목숨은 건졌지만 당분간 움직이긴 글렀어."

바크만이 눈치를 보며 말했다.

우지끈.

유릭이 잡고 있던 의자의 팔걸이가 부러졌다. 유릭의 손아귀에서 나무 파편들이 떨어졌다. 식당에 있던 사람들이 화들짝 놀랐다. 쉽게 부서지는 그런 싸구려 의자가 아니다. 그걸 부순 유릭의 힘은 무시무시했다.

"오호, 그래? 도노반이 얻어맞았다고? 하여튼 조심하라 니까."

유릭이 목소리를 내리깔았다. 애써 끓어오르는 감정을 감 췄다.

"이런, 이 근방에는 부랑자가 많아서 조심해야 하오, 용병 대장 유릭. 신원이 불확실한 이들이 관문 밖에서 서성이니까 말이오."

오베르가 축배를 들듯 포도주를 마시며 말했다. 유릭이 그 를 바라봤다.

"……그으래? 조언 고마워, 관문대장 나리. 그런 부랑자라 면 내가 직접 잡아서 족쳐도 죄를 묻지 않겠지?"

"물론이오."

오베르가 입가를 닦으며 고개를 끄덕였다. 유릭이 일어서 면서 서늘하게 웃었다.

"그 말 잘 기억해 두라고, 오베르 경. 용병단에 사고가 생겼 으니 나는 먼저 실례하지."

유릭이 손바닥에 박힌 나뭇조각들을 뽑으며 밖으로 나 갔다.

식당에는 파헬과 필리온, 그리고 오베르만 남았다. 시종들 이 술과 물을 가져오며 식사 시중을 들었다.

"바르카 왕자, 야만인과 친하게 지내는 것 같군요."

"그게 잘못된 일입니까? 오베르 경. 제국도 야만인 융화 정책을 펼치고 있지 않습니까."

파헬의 말이 조금 날카로웠다.

'아마도 도노반 습격을 사주한 건 오베르다.'

정황상 오베르 말고는 그럴 사람이 없었다. 도노반이 운이 나빠서 부랑자에게 당했다고 여기기에는 상황의 앞뒤가 절묘했다.

'내가 도노반을 좋아하진 않지만…… 속이 시원하진 않아.'

파헬은 자신을 협박하던 도노반을 아직도 기억하고 있다. 도련님의 혓바닥을 잘라 버리겠다며 칼을 들이밀었던 도노반이었다. 그러나 도노반도 파헬을 위해 싸워온 용병 중 하나다. 비록 돈 때문이지만 도노반은 용감하게 싸웠다.

"잘못된 일은 아닙니다. 하지만 바르카 왕자님처럼 젊은 사람은 야만인에 대해 잘 모르면서도 곁에 가까이 두곤 하죠. 야만인들은 배워먹지 못했기에 야만인입니다. 같은 야만인이라도 태양전사단이라면 모를까. 야만인 용병은 조만간 관계를 끊고 버리시는 게 좋을 겁니다."

파헬의 눈이 가늘어졌다.

"조언 감사합니다, 오베르 경."

식사가 끝났다. 파헬과 필리온이 자리에 일어서서 나갔다.

"마음에 들지 않는 놈이었어."

복도로 나온 파헬이 필리온에게 말했다.

"잘하셨습니다, 왕자님. 싫은 상대 앞에서 그 정도면 잘하신 겁니다."

필리온은 파헬이 자랑스러웠다. 비록 필리온의 의견과 반대되는 행동이었지만 스스로 판단해서 농부들을 구했으며, 마음에 들지 않는 상대 앞에서도 속내를 쉽게 내보이지 않았다.

'왕성을 떠난 지 두어 달 만에 이런 변화라니. ……왕성의 교육 방식이 잘못된 거였어. 바르카 왕자님은 진정한 왕재를 가지신 분이다.'

파헬은 오베르가 마련해 준 숙소로 가다가 걸음을 문득 멈췄다.

"경은 용병단과 합류해서 유릭이 허튼짓을 하지 않도록 말려줘. 유릭이라면 내 입장을 생각해 주겠지만, 그 대단한 유릭도 결국 내 또래의 사내지. 순간의 감정이 넘쳐서 사고를 칠지 몰라. 경이 그걸 막아주게."

파헬의 생각이 거기까지 도달했다. 자신만 생각하는 게 아니라 주변 사람과 상황을 고루 보고 있었다.

"명을 따르겠습니다."

필리온이 고개를 가볍게 숙였다. 그는 호위기사들에게 파헬의 경호를 맡기고 용병단에 합류했다.

파헬이 방으로 들어갔다. 호위기사들이 교대로 방문 앞에서 불침번을 섰다. 그들은 충실한 기사였다.

'내가 잘해야 돼.'

파헬이 침대에 누우며 생각했다. 그가 엄지손톱을 가볍게 물었다. 기울어진 달빛이 방 안에 스며들었다. 파헬의 푸른 눈동자가 달빛을 마시며 빛났다.

'여기까진 내 기사들과 용병들이 잘해냈어. 돈이 아깝지 않을 만큼 훌륭하게.'

파헬은 기사들은 물론이고, 용병들에게도 진심으로 감사했다. 한때는 용병들을 증오했으나 지금은 감정의 응어리가 모두 사라졌다.

'이제부터는 칼의 영역이 아니라, 정치의 영역이야. 내가 제국의 도움을 받을 수 있을지 말지는 내게 달렸어. 행동과 말한 마디, 한 마디를 조심해야 돼. 용병과 기사들이 피로 쌓아 올린 기회를 내가 날려 버리면 안 돼.'

파헬이 눈을 감았다.

'다미아 누님께서 지금 곁에 있다면 얼마나 든든할까.'

쌍둥이 누이가 생각났다. 쌍둥이지만 파헬은 언제나 다미아를 몇 살 많은 누이처럼 믿고 따랐다.

'아름다우신 누님. 왕실의 피가 짙어 누구보다도 빛나는 황

금색 머리와 맑은 푸른 눈동자를 가진…… 내 누이.'

여러 생각을 하던 파헬은 금방 잠들었다. 새근새근한 숨소
리만 고요하게 퍼졌다.

Chapter 4

"여어, 도노반. 아직 살아 있냐?"

유릭이 천막 안으로 들어가며 누워 있는 도노반을 바라봤다. 도노반의 얼굴은 퉁퉁 부어 있었다. 온몸은 성한 데가 없고 부러진 팔뼈를 맞춘다고 부목을 대고 있었다.

"꺼져. 날 두고 가든지 말든지 맘대로 하라고. 카악, 퉷."

도노반이 피가 고인 침을 뱉으며 말했다. 부어서 반쯤 감긴 눈동자에서는 여전히 독기가 흘러내렸다.

'이 정도로 꺾일 놈은 아니지.'

유릭은 도노반을 안다. 죽지만 않으면 어떻게든 일어설 놈이다.

"때린 놈들 얼굴을 봤어?"

유릭이 옆에 앉으며 말했다.

"뒤에서 날 덮쳤다. 얼굴에 두건을 씌우고 신나게 때리고 가더군. 빌어먹을. 아마도……."

"알고 있어. 여기 관문대장이 사주한 거겠지. 아까도 네 욕을 열심히 하더군."

"오베르 그 개자식! 옛날에 그냥 죽였어야 했는데. 꼴에 상관이라고 목숨을 구걸하는 꼴이 불쌍해 살려줬더니."

"그 개자식이 지금 여기 관문대장이지. 우린 파헬을 수도까지 데려가야 돼. 아니면 여기서 관문대장과 한번 붙을까? 여기 수비대까지 죄다 죽여 버리고 도망가?"

유릭이 킬킬 웃었다. 도노반도 따라 웃다가 통증 때문에 신음했다.

"개소리하지 말고, 일이나 똑바로 해. 나도 이번 일에 목숨을 걸었다. 이런 일로 망칠 생각은 없어."

도노반이 가까스로 상체를 세웠다. 그는 왕족이 얽힌 일에 개입하는 데 반대했지만 이미 여기까지 일을 저질렀다. 이제 와서 끝내기엔 너무 아까웠다.

'왕이 내릴 보상.'

일개 용병에겐 인생을 바꿀 기회다.

"혹시 모르니까 보초를 세워뒀어. 회복에나 열중하라고. 못 따라오면 버리고 갈 테니까."

유릭이 천막을 나서며 말했다. 도노반은 당분간 움직이지 못한다. 수레에 태워가야 한다.

"우리 용병단의 부대장이 당했는데, 가만히 있을 수가 있나."

유릭이 중얼거리며 용병단 야영지를 벗어났다. 한발 늦게 도착한 필리온이 유릭을 찾아봤지만, 용병들은 유릭이 어디 갔는지 몰랐다.

'제발, 사고 치지 말게. 유릭!'

필리온이 발을 동동 구르며 기도했다.

관문 앞에는 일종의 천막촌이 있다. 검문 순서를 기다리는 상단과 여행자들, 그런 사내들을 상대하는 창녀들, 여행객의 주머니를 노리는 좀도둑들이 뒤섞인 천막촌이다. 관문 앞에 서는 늘 조심해야 한다.

유릭은 천막촌 안쪽으로 들어섰다.

"거기 야만인, 금화 반쪽에 어때?"

어느 정도 외모가 물오른 여자가 유릭을 보며 말했다.

"이리 와. 1만 씰로 해줄게."

얼굴에 주름이 생기기 시작한 여자의 말.

"그런 여자들 상대 말라고. 이리 와. 금화 한 닢."

천막촌의 유랑무희가 고혹적인 미소를 지었다.

같은 창녀라도 가격이 천차만별이다. 유릭은 창녀의 손을 거칠게 쳐 냈다.

"꺼져. 그럴 기분 아니니까."

유릭이 사납게 말하자, 창녀들이 욕설을 내뱉었다.

"별 미친놈을 다 보겠네. 안 할 거면 여긴 왜 왔어?"

유릭이 대꾸도 않고 창녀들을 바라봤다.

"아까 전에 여기서 두들겨 맞은 놈이 있을 텐데, 거기에 대해 아는 사람 있어?"

창녀들이 웃기만 했다. 유릭이 안주머니를 뒤져서 금화를 한 움큼 꺼냈다.

"어이쿠, 내 손에서 미끄러진 금화가 주인을 찾고 있군."

유릭이 금화를 하나 튕기며 반대편 손으로 낚아챘다. 창녀들이 '아!' 하는 신음을 내뱉었다. 그녀들은 반짝이는 금화에 홀린 인간들이었다.

"그놈을 상대한 여자를 내가 아는데."

얼굴이 쭈글쭈글한 여자가 잽싸게 말했다. 늙어 메마른 몸인데도 찾는 손님이 있는 모양이다.

"그래? 안내를 좀 해주면 이 금화가 내 손에서 도망가겠군."

유릭은 여자의 안내를 따라 창녀촌 깊숙이 들어갔다. 관문에서도 제법 바깥쪽이었다. 을씨년스러운 분위기가 풍겼다. 한쪽 편에서는 범죄자라고 얼굴에 써둔 듯한 사내들이 모닥불을 쬐며 옹기종기 모여 있었다.

"킥킥, 이놈이 금화를 잔뜩 들고 있다고!"

여자가 사내들 뒤로 쪼르르 달려가더니 말했다. 힘상궂게 생긴 사내들이 둔기류를 들며 일어섰다.

"이봐, 형씨. 가진 것만 내놓고 가. 그럼 그냥 보내드릴게."

사내들의 숫자는 여섯 명이었다. 그들이 어깨에 힘을 잔뜩 주며 유릭을 협박했다.

"가져가."

유릭이 머리를 긁적이다가 금화 주머니를 바닥에 떨어트렸다. 사내 하나가 슬금슬금 다가오더니 금화 주머니를 향해 손을 뻗었다.

우둑.

유릭이 발로 사내의 팔을 짓눌렀다. 팔이 역방향으로 꺾였다.

"어, 어끄어아악!"

사내가 꺾인 팔을 부여잡으며 비명을 질렀다. 유릭이 다시 한번 사내들을 보며 손을 까딱였다.

"빨리 가져가. 금화라면 여기 떨어져 있잖아?"

사내들이 조잡한 둔기를 들곤 유릭을 둘러쌌다. 둔기 무기는 인신매매범의 특징이었다.

"순순히 내놓았다면 몸이라도 성케 돌아갔을 터인데. 스스로 화를 자초하는군, 야만인."

그 말을 들은 유릭이 크게 웃었다.

"흐압!"

사내가 달려든다. 유릭이 맨손으로 상대의 둔기를 잡아서 뺏었다.

"아?"

무기를 뺏긴 사내가 얼떨결에 유릭을 바라봤다. 유릭의 주먹이 그의 안면에 꽂혔다. 안면이 으깨지며 눈알이 튀어나왔다.

"우옷!"

유릭의 뒤를 잡은 다른 사내가 둔기를 높게 휘둘렀다.

휘릭.

유릭이 오른발을 축으로 빙글 돌았다. 회전력을 더한 발차기가 사내의 옆구리를 강타했다.

콰득!

굉장한 소리가 났다. 옆구리를 걷어차인 사내가 비명을 지르며 땅바닥을 뒹굴었다.

"크, 흐으음."

사내들이 스멀스멀 뒤로 물러났다. 순식간에 두 명이 당했다. 그들은 본능적으로 눈앞의 야만인이 보통이 아니란 걸 알았다.

"금화, 아직도 갖고 싶어?"

유릭이 땅바닥에 떨어진 금화 주머니를 발끝으로 차서 들어 올렸다.

"돼, 됐소!"

사내들이 부상자를 챙기며 고개를 저었다. 그들은 꼬리를 말았다.

"아냐. 너희들은 금화를 좋아하잖아? 사내라면 갖고 싶은 건 가져야지."

유릭이 사내들에게 다가오며 등을 두드렸다. 사내들이 기겁했다. 그들이 겁에 질린 표정으로 유릭의 바라봤다.

"자, 잘못했습니다. 전사님! 한 번만 봐주십쇼."

"금화 준다니까. 왜 겁부터 먹고 그래?"

유릭이 사내들의 뺨을 툭툭 치며 웃었다. 그는 금화를 하나씩 꺼내서 사내들에게 나눠 줬다.

"도, 도대체 왜 이러는 거요?"

사내들은 도저히 유릭의 행동을 이해하지 못했다. 유릭은 고개를 기울이며 웃었다.

"너희들도 금화 좋아하지? 나도 좋아해."

유릭이 사내들이 도망가지 못하게 어깨를 굳게 붙잡았다. 사내들의 어깨에 시퍼런 멍이 들었다.

'이 미친 야만인 새끼는 도대체 뭐야?'

사내들이 벌벌 떨었다.

"우리 모두가 좋아하는 금화를 너희들에게 줄 테니까, 사람 좀 찾아줘."

유릭이 금화 주머니를 짤랑짤랑 흔들었다.

"……사람 말이오?"

금화 소리에 사내들의 시선이 쏠렸다.

"사람만 찾아주면 금화를 약속하지. 너희들도 태양신 좋아하지? 태양신 루에게 맹세하지. 내가 찾는 놈들을 찾아주면, 금화를 넉넉하게 지불하겠다."

사내들이 서로의 얼굴을 바라보다가 고개를 끄덕였다.

"누굴 찾는 거요?"

"감히 내 '형제'를 두들겨 팬 개자식들."

유릭이 이를 바득 갈았다. 유릭과 도노반의 관계 따윈 문제가 아니다. 누가 뭐래도 도노반은 유릭의 형제들 일원이다. 그것도 유릭이 직접 정한 부대장이다.

형제 도노반이 누군가에게 얻어맞고 왔다. 유릭은 일을 핑계 삼아 유야무야 넘어갈 생각이 없었다.

'그게 내 방식이니까.'

사내들은 금방 소식을 가져왔고, 유릭에게서 금화를 받아갔다.

"제기랄. 갈비뼈가 부러진 것 같아. 그놈 참 저항 되게 거세네."

네 명의 부랑자가 천막촌 변두리에서 속삭였다. 그들의 몸은 멍투성이였다.

"제대로 싸웠으면 우리가 얻어맞을 뻔했어. 창녀랑 그 짓하다가 우리가 오자마자 금방 싸우더라고."

"대신 죽기 직전까지 두들겨 팼잖아. 어쩌면 오늘내일하다가 뒈질걸?"

부랑자들이 키득키득 웃었다. 그들은 관문 주변에서 구걸과 좀도둑질로 연명하는 자들이다.

"그래도 죽이진 말라고 했는데, 너무 두들겨 패버린 건가?"

"뭐, 어때."

관문의 부랑자들은 신원조차 불확실한 자들이다. 도망자나 범죄자들이 수두룩하다. 관문의 천막촌은 유동 인구가 많은 곳이라 군인들도 부랑자들을 일일이 통제하지 못했다.

부랑자들이 선금으로 받은 금화를 매만졌다. 한동안 여자를 안고 술을 마시기에 충분한 돈이었다.

"누가 쫓아오고 있는 거 아냐? 뒤통수가 간질간질한데."

감이 좋은 부랑자 하나가 말했다. 그들이 두건을 깊게 눌러 쓰며 흩어졌다. 약속 장소에서 다시 만나기로 했다.

"끄아아아아!"

흩어진 부랑자들이 움찔했다. 천막촌에서 비명이 들렸다. 귀에 익은 음성이었다.

'역시 누군가 우리를 쫓아왔어. 다른 놈들이 당하고 있어.'

부랑자가 초조하게 움직였다. 동료의 비명 때문에 간담이 서늘했다. 당연히 구하러 갈 생각은 없었다.

'나라도 잔금을 마저 받고 빠져야지.'

부랑자가 약속한 장소로 걸음을 서둘러 옮겼다.

'내가 가장 먼저 도착한 건가? 아니면 다른 놈들이 당한 건 가······.'

부랑자가 지저분한 헛간에서 초조하게 발을 굴렀다. 역참으로 쓰다 버려진 헛간이었다. 굳어버린 말똥들이 바닥을 굴러다녔다.

끼릭.

헛간의 문이 열렸다. 부랑자가 잔뜩 경계하며 무딘 단도를 꺼냈다.

"혼자서 온 거요? 하기야 나를 믿을 수 없는 것도 당연하지. 여기 잔금이오. 루의 이름을 걸고 맹세했으니, 당연히 줘야지. 나도 죽어서 이승을 떠돌기 싫으니까."

다행히도 의뢰인이었다. 의뢰인이 성큼성큼 걸어서 잔금을 건넸다.

"히히, 좋은 거래입니다. 나리."

부랑자가 언제 무서워했냐는 듯이 웃었다. 혼자서 돈을 다 챙길 생각에 싱글벙글했다.

'흥, 다신 보기 싫은 놈들이군.'

볼일을 마친 의뢰인이 재빨리 헛간을 나가려고 했다. 그가 헛간의 문을 열려고 문에 손을 댔다.

콰직!

헛간의 판자문이 부서진다. 판자를 뚫고 나온 큼직한 손이 의뢰인의 목을 쥐어짰다. 남의 피를 뒤집어쓴 야만인이 눈을 부라리며 헛간 안으로 들어왔다.

"커, 커억!"

의뢰인이 야만인의 팔을 박박 긁었다. 야만인은 의뢰인을 벽으로 내던지곤 부랑자를 노려봤다.

"히이이익!"

부랑자가 기겁하며 비명을 질렀다. 그는 야만인의 허리춤에 묶여 있는 것들을 보고 말았다.

'머, 머리통!'

동료의 잘린 머리가 야만인의 허리에 묶여 있었다. 머리채를 줄처럼 엮어서 허리에 묶어둔 모양새였다.

"끄으으."

야만인은 반대편 손으로 초주검이 된 부랑자 하나를 질질 끌어왔다. 의뢰인과 만나는 장소를 몽땅 분 부랑자였다.

"병신 새끼! 장소를 불었냐!"

떨던 부랑자가 동료를 보며 소리를 질렀다. 야만인에게 붙잡힌 부랑자는 그 말에 대답하지 못했다. 그 직후 바로 목이 잘렸기 때문이었다.

"다 찾았다, 요놈들아."

야만인 유릭이 안내해 준 부랑자의 목을 베며 말했다. 그는 잘린 머리통의 머리카락을 허리띠에 엮어서 대롱대롱 매달았다.

"야, 야만인 놈!"

부랑자가 외쳤다. 유릭이 피투성이 얼굴로 웃으며 도끼를 빙글빙글 돌렸다.

"너도 곧 똑같은 신세가 될 테니까, 너무 그러지 말라고."

부랑자가 도망가려 했다. 유릭이 도끼를 던져서 부랑자의 발목을 찢었다.

"카악! 칵!"

부랑자는 절뚝이면서도 도망가려고 했다. 유릭은 그의 반대편 다리를 붙잡아서 과감하게 부러트렸다.

우드득.

"끄아아아아악!"

부랑자가 똥오줌을 지렸다. 유릭이 불구가 된 부랑자를 걷어차고는 모든 일을 사주한 의뢰인을 쳐다봤다.

"네 이놈! 내가 누군지 아느냐! 당장 꺼져라!"

의뢰인이 칼을 뽑으며 외쳤다. 유릭이 재빠르게 제국강철검을 뽑아서 의뢰인의 칼을 쳐 냈다. 의뢰인의 손바닥이 찢어지면서 칼이 헛간 천장에 박혔다.

순식간에 무방비 상태가 된 의뢰인은 벙벙한 얼굴로 유릭을 올려다봤다.

"몰라. 관심도 없고. 내가 필요한 건 네놈들 주둥이뿐이야. 나머진 전부 분질러 주지."

유릭이 말했다. 그가 의뢰인의 팔다리를 붙잡고 힘껏 꺾었다.

헛간 한편에서 부랑자가 바들바들 떨었다.

우득, 우득.

끔찍한 소리가 헛간에서 울려 퍼졌다. 부랑자는 차라리 기절하고 싶었다. 눈앞에 광경이 믿기지 않았다. 인간이 산 채로 나무 인형처럼 접혔다.

'야만인……'

부랑자가 중얼거렸다. 그가 모든 걸 포기하며 태양신에게 기도했다.

오베르는 단잠에서 깨어났다. 그는 일어나자마자 머리맡에
놓인 포도주를 벌컥벌컥 마셨다.

"끄윽."

술이 들어가니 기운이 났다. 오베르가 창밖을 보며 흐뭇하
게 웃었다.

"오늘도 내 관문은 멋지군!"

관사에서 바라보는 관문은 장관이었다. 천막촌을 비롯해
저 멀리 지평선까지 다 보였다. 창문을 열자 지평선에서부터
불어온 바람이 들어왔다.

'도노반 놈이 얻어맞았다는 소식에 어깨가 절로 들썩거리는
구만.'

오베르가 팔을 좌우로 흔들며 덩실덩실 춤을 췄다.

"……입니다!"

창밖을 바라보던 오베르가 괴이한 소리를 들었다. 누군가
울부짖는 듯했다.

"또 부랑자 놈들이 사고라도 친 건가?"

오베르가 세면대에 받아둔 물로 세수를 했다.

"오베르 대장님!"

병사 하나가 황급히 방문을 두들겼다. 오베르가 이맛살을

찌푸렸다.

"무슨 일인가?"

"다, 당장 관문으로 오시죠! 그리면 부관이! 끄윽."

병사가 상상도 하기 싫다는 듯이 헛구역질을 했다. 불길함이 오베르를 스쳐 갔다.

오베르는 그리면 부관에게 따로 지시한 일이 있다. 부랑자를 고용해서 도노반을 혼쭐내라는 명령을 내렸다.

'제길. 멍청한 녀석. 꼬리라도 잡힌 건가. 여긴 다 무능한 놈들뿐인 거냐.'

오베르가 옷을 주섬주섬 챙겨 입었다.

"에잇, 못 써먹을 놈들! 빨리빨리 해!"

종자의 도움을 받아 갑옷을 갖춰 입은 오베르가 헐레벌떡 관문으로 내려갔다. 관문 입구에 가까워질수록 기괴한 비명이 선명하게 들렸다.

"저는 그, 그리면입니다. 끄으윽. 관문대장 오베르의 명을 받아⋯⋯."

신음하는 그리면의 목소리. 오베르가 눈을 크게 뜨고 관문 입구로 뛰쳐나갔다.

"이게 무슨 일인가!"

그렇게 외친 오베르는 순간 주저앉을 뻔했다.

"대, 대장님. 제, 제발 살려주십쇼. 꺼으으윽."

그리먼이 울먹였다. 도노반 습격을 사주했던 부관 그리먼. 그는 처참한 꼴로 장대에 매달려 있었다.

장대는 땅속 깊이 박혀 있었다. 그리먼은 장대 끝에 묶여 있었다. 단순히 묶여 있었다면 오베르도 놀라지 않았다.

'도대체 사람의 몸에 무슨 짓을 한 거지?'

그리먼은 말 그대로 '접혀' 있었다. 그의 뼈들은 탈골되고 부서졌다. 다리와 허리는 뒤로 꺾여서 발바닥이 어깨에 닿아 있었고, 양팔은 밧줄처럼 장대 뒤로 매듭지어 묶여 있었다. 그 꼴을 보자니 그리먼의 뼈가 없는 것 같았다.

"나리, 제발. 나리이이."

그리먼만 그런 게 아니었다. 바로 옆 장대에도 지저분한 부랑자가 똑같은 꼴로 몸이 접힌 채로 장대 위에 매달려 있었다.

살아서 입으로 말은 하고 있지만 인간의 꼴이 아니었다. 차라리 죽는 게 낫다 싶을 정도였다.

"드디어 마지막으로 사주한 자가 나왔군. 계속 말해."

유릭이 장대를 툭 치며 말했다. 장대에 매달린 그리먼이 기겁하며 목청을 높였다.

"저는 그리먼입니다! 관문수비대의 부관 중 한 명입니다! 관문대장 오베르의 명을 받아 사람을 시켜 '유릭의 형제들'의 부대장 도노반을 습격하도록 했습니다!"

그리먼이 몇 번이나 반복했던 말을 다시 내뱉었다. 그 옆 장대에 있는 부랑자도 같이 외쳤다.

"저는 그리먼의 사주를 받아 도노반을 습격했습니다! 네 명이서 죽기 직전까지 팼습니다! 그 대가로 금화를 받았습니다! 끄으윽."

부랑자가 눈물 콧물 다 떨구며 말했다. 장대를 타고 거무죽죽한 오물이 내려왔다.

사람들이 점차 모여들었다. 관문 근처에 대기하고 있던 상인과 귀족들까지 불쑥불쑥 얼굴을 내밀었다. 대단한 구경거리였다.

"인간이란 참으로 생명력이 강하군."

"어떻게 저 꼴로 살아 있는 거지? 허리가 뒤로 접혀서 발이 어깨에 닿아 있잖아."

"팔은 또 어떻고! 사람 팔로 매듭을 지었어."

"끔찍하군. 난 더는 못 보겠네."

산전수전 다 겪은 이들까지 고개를 절레절레 저었다. 그들은 야만인 유릭이 해놓은 짓에 몸서리쳤다.

"유… 릭."

소식을 들은 용병단도 관문 입구까지 나왔다.

용병들은 그간 잊고 있었다. 같이 밥을 먹고 농담을 던지며 웃고 떠들던 용병대장 유릭. 문명에 호의적이고, 개종까지 했던 사내. 그 모습이 너무나 친숙했기에 유릭의 본질을 보지 못했다.

'야만인 유릭.'

제국어를 쓰며, 문명을 배우고, 태양교로 개종했더라도 유릭의 본질은 야만인이었다.

폭력과 도덕에 대한 기준이 문명인과 달랐다. 태어나고 자란 환경이 문명인과 근본적으로 다른 종자였다. 하루아침에 그 본성이 변할 리가 없다.

육식동물 앞에 선 초식동물처럼, 문명인들은 야만의 잔혹성을 보고 경악했다.

"개종은 했지만 뿌리를 잊지 않았군, 유릭."

스벤이 옅게 웃으며 장대에 매달린 사람을 바라봤다. 가슴이 들끓는 광경이었다. 고함을 지르며 도끼를 휘두르고 싶을 정도였다.

"대단한 솜씨야. 죽이지 않고 살려둔 채로 사람을 저렇게 접어버리다니! 돈을 주고서 배우고 싶을 정도네."

북부인들이 유릭의 실력에 감탄했다. 유릭은 인간의 신체를 효율적으로 박살 내는 법을 알고 있었다. 수없이 많은 사람을 죽인 살인자의 감각으로 익힌 기술이다.

"다시 말해. 사람들이 더 모였잖아."

유릭이 장대를 다시 한번 쳤다. 그리먼과 부랑자가 다시 똑같은 말을 반복했다.

"저는 끄으윽. 그리먼이고, 관문대장의 사주를, 흐어억. 제발. 끅."

그리먼이 숨이 막힌다는 듯이 신음했다. 유릭이 이맛살을 찌푸렸다.

"똑바로 말해. 이번에는 반대로 접어줄까? 한 번 해봤으니 어렵진 않을 거야."

그 말을 들은 그리먼이 고개를 세차게 저었다.

"하겠습니다! 할게요! 제발! 봐주세요! 태양신 루의 이름에 대고, 저는 진실을 말합니다! 제 말이 거짓이라면 제 영혼은 이승을 떠돌 것이며! 한 치의 거짓도 없습니다!"

그리먼이 힘껏 외쳤다. 그의 목소리가 쩌렁쩌렁 관문을 울렸다.

"자아, 이 정도면 사람들이 충분히 모였군."

유릭이 허리춤에 매단 부랑자의 머리 셋을 바닥에 세워놓았다. 잘린 머리들은 못 볼 걸 본 듯이 편히 눈을 감지 못했다. 공포에 질려 죽은 얼굴들이었다.

"관문대장 오베르! 댁이 사주해 내 형제를 두들겨 팼다는 증거가 여기에 있다! 더 할 말이 있나!"

유릭이 칼을 뽑아서 바닥에 꽂았다.

'빌어먹을. 보는 눈이 너무 많아!'

오베르가 인상을 찌푸렸다. 조용히 처리하기에 일이 매우 커졌다. 제국을 떠도는 상인과 여행객, 관문을 지나가는 귀족들까지 이 광경을 보고 말았다.

"고문을 견디다 못해 거짓 증언을 하고 있군! 그리면 부관! 내가 언제 그런 지시를 내렸지? 단순히 자네 독단 행동이 아니었나? 어쩌면 과잉 충성이겠지. 항상 내 앞에서 환심을 사려고 꼬리만 흔들던 놈이었으니까!"

오베르가 필사적으로 발뺌했다. 장대에 묶인 그리면이 피눈물을 흘리며 눈을 부릅떴다.

"어떻게 당신이 내게 그런 말을! 나, 나는 당신의 명령 때문에 이 꼴이 됐는데! 저주할 테다! 오베르! 사적인 복수심으로 나를 이용해 먹은 개자식아아아!"

그리면은 오히려 오베르에게 분노를 토해냈다. 정작 유릭에 대해서는 아무런 말도 없었다. 사람의 심리란 묘한 것이었다.

"우리 사이에 오해가 있었던 모양이오. 용병대장 유릭! 나는 결단코 그런 명령을 내린 적이 없소! 비록 도노반과 내 사이가 좋지 않았지만, 나 오베르는 공사를 구분 못 할 사람이 아니오."

유릭이 귀를 후볐다. 그가 한 발자국 앞으로 걸어갔다. 주변 병사들이 움찔하며 반응했다.

"태양신 루의 이름을 걸고 다시 말해."

오베르가 움찔했다. 태양신 루의 이름에 대고 거짓말을 하면 안 된다. 루의 이름에 대고 거짓말을 한 자들은 사후세계에 윤회하지 못하고 이승을 떠도는 악귀가 된다.

악귀가 되는 것. 그것은 모든 태양교 신자들이 두려워하는 일이다.

"내 말을 못 믿겠다는 거요?"

오베르가 눈을 가늘게 떴다.

"당연히 믿지 못하지. 뒤룩뒤룩 살쪄서 갑옷도 안 맞는 양반을 뭘 보고 믿어? 댁은 돼지하고도 약속하나?"

유릭이 말하자, 관문 주변의 사람들이 크게 웃었다. 오베르의 얼굴이 붉게 달아올랐다.

'이놈은 야만인이다! 태양교 신자라는 것도 거짓말이야. 태양교 신자가 저런 잔인한 짓을 할 리가 없지.'

오베르가 속으로 중얼거렸다.

'야만인 이교도에겐 거짓말을 해도 돼. 루께서도 용서하시겠지!'

결심을 굳힌 오베르가 입을 열었다.

"유릭! 나 오베르가 태양신 루에게 맹세하오! 내 말에는 한 치의 거짓도 없소!"

"호오? 그래?"

그 말을 들은 유릭이 칼을 빙글빙글 돌렸다. 장대에 묶인 그리먼이 온갖 폭언을 토해냈다.

"네놈의 영혼은 죽어서도 이승을 떠돌 터다! 오베르! 이 짐 승만도 못한 놈아! 저놈이 내게 시킨 거다! 야만인! 저 뻔뻔한 오베르를 죽여! 태양신 루께서 눈을 버젓이 뜨고 진실을 보고 있다!"

그리먼은 버려진 신세였다. 이미 살기는 글렀다. 설사 살아 남더라도 팔다리와 허리가 꺾인 채로 살아서 무얼 하겠는가? 악만 남은 복수심이 이글이글 끓어올랐다.

오베르는 애써 그리먼 부관을 무시했다. 그리먼은 태양교 신자다. 그리먼과 말을 섞으면 같은 태양교 신자에게 거짓말 을 한 셈이 된다.

'괜찮아. 난 야만인에게 거짓말을 하는 거야. 빌어먹을 이 교도!'

이미 신자들 앞에서 거짓말을 한 거나 마찬가지이며, 오베 르의 합리화는 모순투성이 논리였다. 하지만 오베르는 스스 로 떳떳하다고 애써 다독였다.

"태양신 앞에서 한 말들이 엇갈리고 있군. 누가 거짓말을 하고 있고, 누구의 말이 진실인지는 루가 가려주시겠지. 결투 재판을 하자고. 내가 그리먼의 대리인을 자청하지!"

유릭이 팔을 벌리며 말했다. 그리먼이 핏물을 뚝뚝 떨구며 오베르를 죽여달라고 말했다.

"네까짓 야만인이 뭘 안다고 지껄이는 거냐! 도저히 이야기가 통하지 않는군."

오베르가 길길이 날뛰었다. 그는 결투 재판 따윌 할 생각이 없었다.

"잠깐 멈추시오! 흥미롭군. 내가 결투의 입회인을 하겠소."

인파들 사이에서 무장한 사내들이 나왔다. 갑주 위에 걸친 겉옷에는 태양 표식이 있었다.

"태양전사!"

"태양전사단이다!"

사람들이 숙덕였다. 태양전사 다섯 명이 인파 사이에서 튀어나왔다. 예상 밖의 등장이었다. 유릭도 눈을 크게 뜨곤 낯익은 얼굴을 쳐다봤다.

"나는 태양전사단의 하발드요. 내가 결투 재판에 입회하겠소. 태양신 루에게 누군가 거짓말을 했는데, 이대로 넘어갈 순 없지! 다들 그렇지 않습니까?"

태양전사 하발드가 말했다. 그가 유릭을 바라보며 미소를 지었다. 구경하던 사람들이 환호성을 질렀다.

"태양의 정의를!"

"루는 결백한 자를 도우리라!"

사람들이 외쳤다. 결투를 안 할 수 없는 분위기였다.

오베르가 태양전사 하발드를 보며 아랫입술을 깨물었다.

'어째서 여기에 태양전사가? 제기랄.'

태양전사는 준성직자 취급을 받는다. 그만큼 태양전사들은 교리에 밝으며 독실한 신자들이다. 태양전사의 말을 무시할 순 없다.

"결백하다면 이 자리에서 결투를 통해 정의를 밝히시오. 그리면 부관이 거짓말을 했는지! 관문대장 오베르 경이 거짓말을 했는지!"

하발드가 재차 말했다. 오베르가 하발드에게 따졌다.

"태양전사 하발드 경! 저자가 내 부관을 저 꼴로 만들었소! 내 부관이 고문을 당해 미쳐 버려서 헛소리하는 거요! 당장 저 야만인을 체포해야 합니다!"

"오베르 경, 경의 말이 진실이라면 결투 재판에서 이길 거요. 루께서 당신을 도울 테니까."

하발드가 고개를 까딱이며 예를 표했다. 욕설이 오베르의 목구멍까지 올라왔다.

'미친 광신도 새끼! 결투 재판을 하라고?'

오베르가 관문 주변을 둘러봤다. 이미 많은 사람의 이목이 쏠렸다. 좋은 옷을 입은 귀족들이 자기네들끼리 수군거렸다.

파르르.

오베르가 주먹을 떨었다. 그는 자신의 수비대에서 가장 뛰어난 병사를 불렀다.

"레이몬드! 내 대리인을 수행해라!"

오베르가 외쳤다. 병사들 사이에서 눈매가 날카로운 사내가 걸어 나왔다. 적당히 다부진 몸매의 전사였다.

"레이몬드! 레이몬드! 제12관문대의 용사!"

병사들이 레이몬드의 이름을 환호했다. 꽤나 명성 있는 병사인 듯했다.

"내 판금갑옷을 입고 대신 싸우게, 레이몬드!"

오베르가 관문 뒤로 가며 말했다. 그가 종자를 불러서 갑옷을 허겁지겁 벗었다.

"대리전 보수는 금화 오십 닢입니다, 대장님."

레이몬드가 말했다. 그가 요구한 금액은 오백만 씰. 오베르가 이맛살을 찌푸리다가 고개를 끄덕였다.

"알겠네! 알겠으니까! 반드시 이기게!"

"물론입니다. 제 솜씨를 아시지 않습니까. 검술도 모르는 야만인 따위에게 질 리가 없죠."

레이몬드가 칼을 멋지게 휘두르며 말했다. 그는 귀족 가문의 종자로 제대로 된 검술을 배웠던 사내다. 종자 시절에 모시던 주인이 죽지만 않았다면 실력을 인정받아 기사 작위를 받았을지도 모른다.

오베르와 레이몬드가 결투 준비를 하는 사이에, 하발드가 그리먼에게 말을 걸었다.

"그리면, 자네의 대리인을 내세우게. 이번 결투는 자네와 오베르 경의 진실 공방이니까."

그리면은 다 죽어가는 신음을 내며 유릭을 바라봤다.

'나를 이 꼴로 만든 놈이지만 날 버린 상관에게 복수해 줄 놈도 저놈이지. 결투에서 이기고, 너는 큰 상처를 입고 뒈져 버려라.'

유릭이 그리면에게서 저주 어린 눈길을 받았다.

"맡겨둬. 내가 네 결백을 위해 싸워주지! 부하를 꼬리 자르 듯 버리는 놈이라니. 용서할 수 없지!"

유릭이 해맑게 웃으며 그리면을 향해 엄지를 추켜올렸다.

"……죽어라. 전부 죽어. 개자식들아."

그리면이 우울하게 중얼거렸다. 꺾인 허리 밑으로 감각이 없었다. 자신의 생명이 하루도 남지 않았다는 걸 느꼈다.

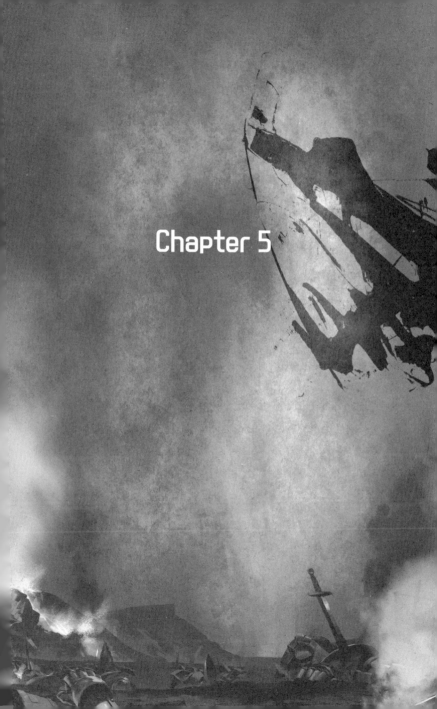
Chapter 5

"필리온 경, 유릭이 사고 치지 못하도록 해달라고 내가 말했던 것 같은데…….”

뒤늦게 관문의 소란을 듣고 나온 파헬이 말했다. 그는 유릭이 해놓은 짓을 보며 입을 막곤 고개를 저었다.

'유릭, 도대체 무슨 짓을 한 거야?'

장대 위에 매달린 사내 두 명이 보였다. 관절이 없는 것처럼 인간이 꾸깃꾸깃 접혀 있었다. 핏물과 오물이 장대를 타고 흘러내렸다.

"죄송합니다, 왕자님.”

필리온은 할 말이 없었다. 유릭을 말리지 못한 자신의 책임을 느꼈다.

"됐어. 이미 일이 여기까지 터진 이상에야 어쩔 도리가 없지. 후우."

파헬이 심호흡하며 구토기를 진정시켰다.

"보기 좋은 광경은 아니군요."

필리온도 눈썹을 찌푸렸다.

파헬과 필리온은 용병단과 합류해서 곧 벌어질 결투 재판을 기다렸다. 결투 재판이라는 소리에 관문을 오가는 사람들이 모두 모여들었다.

"물러나! 어딜 자꾸 기어와?"

병사들이 군중을 뒤로 밀어냈다. 밀려난 군중들이 나무 같은 높은 곳으로 올라가서 결투를 기다렸다.

"왜 싸우는 거야?"

"관문대장이 암살을 사주했대."

소문이 입과 입을 타고 군중들 사이로 지나갔다.

초조해진 오베르가 이를 바득바득 갈았다.

'빌어먹을. 멍청한 그리먼 새끼 때문에 이게 뭐야?'

오베르가 장대에 매달린 그리먼을 쳐다봤다. 그리먼의 얼굴이 창백했다. 오늘을 넘기지 못할 게 뻔히 보였다. 온몸이 꺾인 상태로 살아 있는 것조차 신기했다.

"잔인하긴 해도, 진귀한 기술이로군. 대단해."

장대 위에 매달린 그리먼을 보고 감탄하는 이가 한둘이 아니었다. 계속 보다 보니 잔혹하다기보다 신기하다는 느낌을 받았다.

"유릭, 힘내라."

"숨통을 끊어버려."

"판금갑옷이 별거야? 엉?"

"별건 맞지만. 유릭 대장이라면 거뜬하지. 안 그래?"

용병들이 유릭을 둘러싸며 응원했다. 그들은 유릭이 왜 저런 짓을 했는지 안다.

'돈 한 푼 안 되는 일이지만 유릭은 도노반의 복수를 했다.'

용병은 돈으로 묶인 관계다. 아무리 형제라고 말해도 군대나 부족 같은 끈끈한 유대는 없었다. 용병단에서 유일하게 형제에 대한 신의로 행동하는 사람이 유릭이었다. 감명받지 않는 자가 없었다.

'내가 당하더라도, 유릭은 복수를 해주겠지.'

그 생각을 하니 든든했다. 유릭은 결코 용병들의 억울한 죽음을 그냥 넘어가는 일이 없었다. 필리온에게 속아서 용병들이 죽었을 때도 필리온의 손가락을 자르며 처벌해 그들의 죽음을 기렸다.

"유릭, 판금갑옷을 상대하는 법은 까다롭네."

스벤이 건너편을 보며 말했다. 오베르의 대리인은 판금갑옷을 입었다. 한 세대가 지난 구형 판금갑옷이지만 방어력만큼은 다른 갑옷에 비할 바가 아니다. 현존하는 무구들의 정점이다.

"예전에도 저런 철판때기를 입은 놈과 싸워본 적이 있어."

유릭이 짧게 말했다. 그는 하늘산맥에서 만난 기사를 떠올렸다.

'포드갈 아르텐.'

유릭은 아직도 그 기사의 이름을 잊지 않았다.

"어지간한 공격은 먹히지도 않을 걸세."

스벤은 전신판금갑옷의 무서움을 안다. 판금갑옷으로 무장한 기사들의 돌격은 악몽이나 마찬가지다. 강철갑옷의 탄성과 곡면은 온갖 창칼을 무용지물로 만들었다.

"틈이 아예 없는 건 아니잖아? 쫄 것도 없어. 인간은 한 치만 찔려도 죽는다고."

유릭이 고개를 들어 앞을 쳐다봤다. 판금갑옷으로 무장한 상대가 보였다.

정오, 태양이 머리 위에 떴다. 그림자가 가장 짧아지는 시간이다. 태양신이 눈을 크게 뜨고 세상을 굽어본다. 태양신이 두려운 이들은 그늘 아래에서 숨는다.

결투 재판 소식에 구경꾼들이 모여들었고 이 틈을 타서 가판대를 들고 먹거리를 파는 사람도 있었다.

"루의 이름 앞에서 신성한 재판을 시작하겠다!"

태양전사 하발드가 외쳤다.

"레이모오오온드!"

관문 쪽에서 병사들이 외쳤다. 판금갑옷을 입은 레이몬드가 저벅저벅 걸어 나왔다. 쇠가 부딪치면서 묵직한 소리가 났다.

'판금갑옷은 역시 좋아.'

전신을 감싸는 철판의 감각. 시야가 좁아지고 감각이 둔해진다.

'하지만 갑옷의 성능을 알게 되면 답답함이 안락함으로 바뀌지.'

철판으로 온몸을 보호받는 감각. 피부가 철판이 되는 일체감. 칼날에 대한 두려움도 사라진다. 강해진 듯한 착각마저 든다. 철의 고양감이 들끓었다.

레이몬드도 종자 시절에 판금갑옷을 연습 삼아 입어본 적이 있었다. 종자의 업무 중 하나가 갑옷 탈착을 돕는 것이다. 종자 경험이 있는 레이몬드는 판금갑옷의 구조에 대해서 잘 알았다.

'내 주인이 죽지만 않았다면 나도 기사가 될 수 있었을지도. 어쩌면 공을 세워서 강철 기사에 들어가거나, 판금갑옷을 하사받는 미래도 있었겠지.'

지금은 관문수비대의 병사지만 한때 그도 위대한 기사가 되는 꿈을 꿨다. 어린 시절에는 검귀 페르젠의 무용담을 듣고 자랐다. 골목대장 노릇을 하며 언제나 페르젠 역할을 맡아서 목검을 휘둘렀었다.

'지금만큼은 나도 판금갑옷을 입은 기사다.'

레이몬드가 기사처럼 당당하게 걸었다. 주변 병사들의 호응을 묵례로 답했다.

"후욱, 후욱."

내뱉은 숨이 철판에 닿아서 쇠 냄새를 머금고 돌아온다. 레이몬드가 좁은 시야 사이로 군중들을 바라봤다.

'이들 중에서 귀족이나 높으신 분들도 있겠지. 어쩌면 내 활약을 보고 가신으로 삼아줄지도 몰라.'

레이몬드는 접어두었던 꿈을 다시 펼쳤다. 이번 결투는 그에게 기회였다.

'여기서 내가 가진 모든 걸 보여주겠어.'

종자 시절에 하루도 거르지 않고 칼을 휘둘렀다. 항상 엄격하게 스스로 단련했다. 기사가 되리라 꿈꿨던 빛나는 시절이었다. 지금도 기사는 아니지만 그 노력 덕분에 관문수비대에서도 손꼽히는 강자가 되었다.

'야만인을 죽여서 기사가 되던 시절도 지나갔다.'

십 년 전의 야만인 잔당 토벌이 무인들에게는 마지막 출세 기회였다. 이제는 무공으로 기사가 된다는 건 힘들었다. 병사들이 공을 세울 전장이 더 이상 없었다. 기껏해야 영주들 간의 작은 분쟁이 전부였다.

'하지만 이번에는 저 야만인을 죽이고 귀족들의 눈에 들겠다.'

레이몬드가 각오를 다졌다.

야만인 유릭도 칼을 뽑으며 걸어 나왔다. 갑옷 대신에 모피를 두른 야만인이다. 드러난 피부는 흉터투성이 근육이다. 실전 경험이 풍부한 전사였다.

'이게 기사의 검술이다.'

레이몬드가 양손으로 칼을 잡고 높게 들었다. 위풍당당한 기세가 갑주 너머에서 흘러나왔다.

"올빼미의 자세로군. 멋진 자세다. 병사가 아니라 기사라고 해도 믿겠어."

보고 있던 사람들이 말했다. 올빼미가 쥐를 낚아채는 모양새를 닮았다고 해서 올빼미의 자세라 불리는 상단세였다.

'칼을 높게 들었지만 갑옷 때문에 노릴 만한 곳이 적어.'

유릭이 눈을 가늘게 떴다.

저벅.

유릭과 레이몬드가 서로 마주했다. 그들은 일정 거리를 두며 옆으로 걸었다.

레이몬드가 한 발자국 내디디며 팔을 내렸다. 그의 칼날이 유릭의 어깨를 노렸다.

카랑!

두 사람이 마주쳤다. 금속음이 맑게 났다. 유릭이 칼을 들어서 레이몬드의 칼날을 쳐 냈다. 첫 공방으로 자리를 바꾼 두 사람이 땅을 박차며 서로에게 달려들었다.

"흡."

숨을 마신 유릭이 연거푸 공격을 퍼부었다. 쌍수에서 오는 폭발적인 공격력이었다. 레이몬드가 칼날을 이리저리 비틀어 유릭의 공격을 막기 바빴다.

'무시무시한 공격 속도다.'

레이몬드가 뒤로 물러났다. 판금갑옷을 입지 않았다면, 쌍수 연속 공격에 어디 하나 베였을 터다.

"이야, 여전히 튼튼해. 그 갑옷 말이야. 철판의 면을 따라 칼이 미끄러지는군."

유릭은 땀을 털 듯이 고개를 흔들며 말했다. 유효 공격이 몇 번 있었지만, 판금갑옷의 면을 따라 칼날이 미끄러졌다. 사슬갑옷이었으면 진작 사슬을 깼거나, 뼈를 부러트렸을 터다.

유릭의 눈동자가 욕망으로 타올랐다.

'갑옷.'

유릭도 갑옷의 중요성을 안다. 신체 능력이 뛰어난 북부인들이 괜히 갑옷을 입는 게 아니었다. 아무리 힘이 강하더라도 살이 찢어지고 피가 흐르면 죽는 게 인간이다.

'이왕 가질 거면 최고를 가져야지.'

사슬갑옷 따위로는 성이 차지 않았다.

"후웃!"

유릭이 도끼 하나를 던졌다. 기습적인 투척 공격이었다. 하늘산맥에서 만난 기사를 제압한 것처럼 도끼 던지기로 투구를 벗기려고 했다.

캉!

"어쭙잖은 수를!"

레이몬드가 칼을 정면으로 세워서 도끼를 튕겨냈다. 그의 집중력은 최고조였다. 좁은 시야 사이로 유릭의 손가락 움직임 하나하나까지 보았다.

'생각대로 되진 않는군.'

유릭이 어깨를 들썩이며 웃었다. 사나운 이가 환하게 드러났다.

'멍청한 놈.'

레이몬드가 유릭을 비웃었다. 무장부터가 확연하게 차이났다. 판금갑옷을 제압하려면 보조 무기로 단도 따위를 들고와야 한다. 갑옷 틈을 찌르는 게 가장 효과적이기 때문이다. 굵고 긴 칼로는 판금갑옷을 공략하기 힘들다.

'이번엔 내가 간다.'

레이몬드가 공세를 퍼부었다. 그는 십여 년간 갈고닦은 검술을 화려하게 뽐냈다.

"오오오!"

사람들이 소리를 질렀다. 레이몬드의 실력은 평균 이상이었다. 어지간한 기사들보다 나았다.

'쓸 만한 병사로군. 실력이 좋아.'

귀족들이 레이몬드를 눈여겨봤다. 레이몬드의 의도대로 상황이 흘러갔다.

"어라?"

유릭이 눈을 크게 떴다. 레이몬드가 유릭의 칼날을 한 손으로 잡았다.

"큿."

레이몬드도 똑같이 눈을 크게 떴다. 그는 유릭의 칼을 잡아서 봉쇄할 생각이었다.

'무슨 힘이 이렇게 세?'

레이몬드도 근성이 있었다. 손가락이 부서질 것 같았지만, 끝까지 유릭의 칼을 붙잡고 놓지 않았다. 그러나 그 탓에 유릭의 칼에 끌려다니는 모양새였다. 균형이 깨지면서 빈틈이 생겼다.

'내 칼을 잡으려다가 자기 꾀에 넘어지는군. 죽어라.'

콰직!

유릭이 도끼날 반대편으로 레이몬드의 머리통을 강타했다.

도낏자루가 부러지면서 도끼날이 옆으로 날아갔다.

'제길, 도낏자루가 내 힘을 버티지 못하고 부러졌어.'

유릭은 타격력이 부족한 걸 알았다. 방금 도끼치기로 마무리를 하지 못했다.

"커억."

레이몬드가 신음했다. 투구의 철판이 진동하며 충격이 퍼져 나갔다. 머리가 저릿저릿한 충격이었다. 강철투구는 용케도 충격을 상당히 흡수했다. 기절할 정도는 아니었다.

'이겼다. 놈의 도끼는 부러졌고, 칼날은 내가 한 손으로 잡고 있어. 놈이 날 공격할 수단은 없다.'

고통 속에서 레이몬드가 웃었다. 그는 승리를 확신했다. 왼손으로 유릭의 칼날을 붙잡고 있고, 오른손으로는 자신의 칼을 들고 있다.

'내 출세의 희생양이 되어라! 야만인.'

머리를 맞아 휘청거리던 레이몬드가 욕망 하나로 고개를 번쩍 들었다. 그는 문득 왼손이 가벼워진 걸 느꼈다. 유릭이 검을 놓았다.

'검을 놓아? 하나 남은 무기를?'

유릭은 레이몬드에게 붙잡힌 칼을 버렸다. 그는 양손으로 레이몬드의 목을 껴안듯 붙잡았다. 망설임 없는 판단이었다. 유릭은 자신의 신체 능력을 믿었다.

"우오오오오!"

유릭이 포효하며 레이몬드의 머리를 아래로 당기며 무릎을 힘껏 쳐올렸다.

콰직.

레이몬드가 마지막으로 본 건 유릭의 무릎이었다. 상대적으로 얇은 면갑이 찌그러지면서 유릭의 무릎이 레이몬드의 뇌까지 강타했다.

"아?"

구경꾼들도 어이없다는 표정을 지었다. 무릎 차기 한 번에 결말이 났다. 쓰러진 레이몬드의 투구에서 핏물이 흘러넘쳤다. 누가 봐도 죽은 거였다.

주저앉은 유릭이 숨을 깊게 내쉬었다. 거친 숨결이 연기처럼 피어올랐다. 그가 멍든 무릎을 붙잡으며 일어섰다.

"역시 철판때기 갑옷은 튼튼하군. 그래도 내 몸만큼은 아니지만."

유릭이 말했다. 침묵하던 구경꾼들이 소리를 질렀다. 관문이 떠나갈 정도의 환호성이 쏟아졌다.

"저 사내는 누구지?"

"이름이 유릭? 어디서 나타난 야만인이란 말인가?"

레이몬드를 주시하던 귀족들이 깜짝 놀라 웅성거렸다.

"태양신 루께서 그리먼의 결백을 증명했소. 루에게 거짓말을 한 오베르는 그에 합당한 처벌을 받을 것이오."

레이몬드의 죽음을 확인한 하발드가 엄숙하게 선언했다.

결투 재판이 끝났다. 태양전사 하발드가 임시로 관문대장을 맡았다. 그는 마치 이런 사태를 기다렸다는 듯이 상황을 정리했다.

"저번에는 몰라뵈었습니다, 바르카 왕자님. 범상치 않은 기품이 있다곤 느꼈지만, 왕족이셨군요."

태양전사 하발드가 예를 갖추며 말했다. 가슴팍에 손을 올리고 무릎을 굽혔다. 높은 신분을 대하는 예법이었다.

"여기서 또 만날 줄은 몰랐습니다, 하발드 경."

파헬이 하발드를 일으켜 세웠다. 하발드의 등장은 모두에게 의외였다. 이런 곳에서 마주칠 거라곤 생각지도 못했다.

"저도 여기서 이런 식으로 다시 만날 줄은 몰랐습니다, 왕자님."

파헬이 슬며시 하발드의 안색을 살폈다. 절반은 북부의 피가 흐르는 사내였다. 아무리 문명세계에서 자라온 사내라도 야만의 흔적이 얼핏얼핏 남아 있었다.

"관문대장 오베르는 어떻게 되는 겁니까?"

"심문해서 진실을 받아낼 겁니다. 그 입으로 진실을 말하기 전까지는 감옥에서 나오지 못할 겁니다."

오베르는 관문의 지하 감옥에 갇혔다. 그는 모든 권한을 박탈당한 채로 쇠사슬에 묶였다. 처참한 꼴이었다.

태양전사 하발드는 관문의 지휘권을 손쉽게 얻어냈다. 그만큼 관문의 기강이 떨어지고, 관문대장에 대한 신뢰가 없었기 때문이다.

"하발드 경이 아니었으면 결투 재판이 끝나더라도 이렇게 쉽게 일이 마무리되지 않았을 겁니다. 감사합니다."

파헬은 한숨을 겨우 돌렸다. 자칫하면 용병단과 관문수비대가 충돌할 뻔했다.

"어차피 오베르는 직위 박탈을 당할 거였습니다. 저는 며칠간 이곳에서 관문대장에 대한 평을 수소문했습니다. 제12관문대장이 제대로 일을 안 한다는 상소문이 제국 황실에 올라왔었거든요. 태양전사들은 이런 자질구레한 일들을 맡곤 합니다."

태양전사단은 황제 직할부대다. 그 구성원은 야만인 출신이나 혼혈들이다. 그 말은 제국의 귀족들과 연줄이 없다는 뜻이다.

'귀족들과 혈연으로 엮여 있지 않은 태양전사단은 누구보다 공정하게 일을 집행하지.'

파헬도 태양전사단이 만들어진 복잡한 이유들을 알고 있었다.

태양전사단은 귀족사회와 분리된 전사 집단이다. 그들은 명령만 받으면 그 상대가 대귀족일지라도 서슴없이 목을 베서 황제에게 바친다. 태양전사들은 종교적 신념과 전사의 명예를 중시하는 존재들인지라 세속적 욕망 때문에 쉽게 변절하지 않는다.

반면, 구성원들 대다수가 명망 높은 귀족인 강철 기사단은 다른 귀족들을 쉽게 건드리지 못한다. 귀족들 대부분이 친인척 관계로 얽혀 있기 때문이다. 강철 기사단도 황제를 충성으로 섬기지만 어디까지나 가문의 부귀영화를 위해서 행동하는 귀족들이다.

"부패한 관료는 제국을 좀먹는 고름입니다. 고름이 생기면 커지기 전에 과감하게 도려내야 하는 법이죠."

하발드가 오베르의 미래를 암시했다.

"그럼 유릭의 행동에 대한 죄는 묻지 않는 겁니까?"

파헬이 말하자, 하발드가 오히려 눈을 동그랗게 떴다.

"무슨 죄 말입니까? 그리면 부관의 말이 진실이라고 밝혀진 이상에야, 유릭을 처벌할 근거가 없지요. 유릭의 행동은 정당한 보복이었습니다. 그리면은 이미 죽었으니 증언이 번복될 일도 없지요."

그리먼은 결투가 끝나고 나서 눈을 감았다. 그의 시체는 불에 타올랐고 영혼은 루의 곁으로 돌아갔다.

"…루께서는 보복을 권장하지 않을 텐데요."

파헬이 그렇게 말하다가 입을 막았다.

'내가 미쳤군. 그냥 넘어갈 일인데.'

그저 반발심이었다. 성직자와 학자들에게 교육받은 파헬은 착실한 신자였다.

"왕자님, 루께서는 잘못을 용서하라 말씀하시지만, 인간들은 세속에 찌들어 타락했기에 응징하지 않으면 뉘우칠 줄 모릅니다. 아프지 않으면 반성할 줄 모르죠. 제 어머니의 이교도 동족들이 수많은 고통 끝에 개종한 것처럼요."

하발드는 자신의 몸에서 흐르는 야만인의 피를 느꼈다. 종종 격정에 치닫는 뜨거운 피다. 루의 뜻보다 짐승의 의지가 앞서기도 했다. 하발드는 그런 격정을 느낄 때마다 루의 말을 되새겼다.

'윤회.'

세속에 찌든 영혼이 태양까지 올라간다. 영혼을 거둔 태양신 루는 인간에게 묻은 죄악을 태우고, 마침내 태양에 정화된 깨끗한 영혼이 다시 지상으로 내려온다.

윤회하지 못한 영혼들은 악귀가 된다. 악귀가 된 영혼들은 서로를 헐뜯으며 싸우다 아무것도 아닌 무로 돌아간다. 존재 자체가 사라지는 끔찍한 결말이다.

"경은 진정으로 독실한 신자시군요."

파헬이 칭찬도 비꼼도 아닌 망설이는 듯한 애매한 어투로 말했다. 그는 하발드의 눈을 바라봤다.

"만약 제가 오베르에게 자비를 베풀면, 제 영혼은 더 깨끗해질 겁니다. 자애의 마음은 태양신 루의 가르침이니까요. 하지만 뉘우치지 않는 오베르의 영혼은 더욱더 타락할 겁니다. 결국 오베르는 악귀가 되어 이승을 떠돌겠죠. 저는 오베르가 뉘우칠 때까지 육체를 응징할 겁니다. 진심으로 뉘우치면 타락한 영혼이 깨끗해져 루의 곁까지 올라가겠죠."

하발드의 눈은 올곧았다. 흔들림 하나 없는 신념이 보였다.

'육체를 응징.'

파헬의 귓가에 그 말이 맴돌았다. 고문당하는 오베르의 미래가 보였다. 하발드는 그 어떤 악의도 없이 선의에 가득 찬 고문을 행할 터다.

"그렇습니까……."

"아, 그리고 새로운 관문대장이 도착하면 제가 왕자님을 직접 제국 수도까지 수행할 겁니다. 그럼 이만."

파헬이 고개를 끄덕였다.

하발드가 남은 집무를 보러 방을 나갔다. 그는 임시 관문대장으로 여러 일을 맡고 있었다. 오베르의 뒤처리를 하느라 눈코 뜰 새 없이 바빴다. 오베르의 묵인 속에서 벌어진 부정부패가 한둘이 아니었다.

꠹

"안 맞아, 유릭. 그냥 팔아버려."

바크만이 말했다. 그는 유릭의 몸에 판금갑옷을 억지로 끼워 맞췄다. 판금갑옷을 입은 유릭의 모양새는 퍽 웃겼다.

"그 꼴이 뭐냐, 유릭."

"넌 그냥 벌거벗은 게 가장 어울린다고."

"야만인이면 야만인답게 굴어."

용병들이 지나가면서 놀려댔다. 유릭은 판금갑옷을 입은 게 아니라 몸뚱이 위에 얹어놓은 느낌이었다. 벌어진 갑옷 사이로 속살이 드러났다. 철벽 방어를 자랑하던 판금갑옷이라는 게 믿기지 않을 정도로 볼품없었다.

"크흠."

유릭이 불편한 심기를 드러내며 갑옷을 내동댕이쳤다. 유릭은 거구의 야만인이다. 특히 근육들이 유달리 발달해서 체형 자체가 보통 사람과 달랐다. 평범한 갑옷이 맞을 리가 없었다.

"푸하하핫! 유릭. 지금 갑옷 못 입어서 화난 거냐? 엉?"

바크만이 유릭의 행동을 보며 배를 잡고 웃었다. 유릭이 새빨개진 얼굴로 애꿎은 흙을 걷어찼다.

"시끄러워. 이거나 제대로 벗겨. 뭐 이렇게 입는 게 복잡해. 다신 입지 않을 거야, 이런 거."

유릭이 덕지덕지 입은 옷들을 벗으며 말했다. 판금갑옷 아래에는 이런저런 옷들을 덧대 입었다. 설사 둔기로 치더라도 갑옷이 일차적으로 충격을 분산시키고, 속에 덧댄 가죽과 솜옷들이 완충 역할을 하며 충격을 흡수했다.

'내가 입진 못해도 대단한 갑옷이다.'

판금갑옷의 구조를 가까이서 살피며 속까지 보는 건 처음이었다. 자신이 입지는 못해도 그 구조와 성능을 보면 감탄이 절로 나왔다.

"모두가 탐내는 갑옷이지. 하지만 용병대장인 네가 입지 못하면 귀족에게 파는 게 좋아. 일개 용병이 입기에는 너무 비싼 무구거든. 더군다나 제국강철 무기라면 몰라도, 판금갑옷 정도면 제국에서도 시중에 나도는 걸 좋아하진 않아."

바크만이 말했다.

"그래?"

"하발드가 태양전사가 아니라 강철 기사단이었으면 판금갑옷을 압수했을지도 몰라. 수집가들이 판금갑옷을 구해서 보관하다가 압수당했다는 이야기를 종종 들었거든. 결투 재판으로 노획한 지금이라면, 입수 경로가 확실하게 합법적이기 때문에 이걸 산다는 사람들이 줄을 설걸. 이미 결투를 본 귀족이 한둘이 아니잖아."

"팔면 얼마나 받을까?"

"글쎄. 이런 맞춤 판금갑옷이라면 적어도 1억 씰부터 시작하겠지만, 좀 낡았고 면갑이 찌그러져서 가격이 좀 내려갈 거야. 그래도 8천만 정도는 충분해."

바크만이 대강이나 감정했다. 유릭이 움찔했다.

"뭐?"

"괜히 보물이라 불리는 게 아니지. 판금갑옷은 제국 공방에서만 소량 생산되니까 그 희소성도 감안한 가격이야."

"잠깐만. 빌어먹을! 이게 1억 씰을 오간다고?"

유릭이 하늘산맥의 기억을 떠올렸다. 그는 제국기사 포드갈의 검만 챙기고 나왔다. 그 갑옷은 아직도 하늘산맥에서 눈보라를 맞고 있을 터다.

하늘산맥에서는 판금갑옷의 가치를 몰랐다. 그걸 알았다면 어떻게든 챙겨서 내려왔을 터다.

"음."

유릭이 그간 돈 때문에 겪은 고초를 생각했다. 검투사로 구르고, 용병업에 뛰어들어 몇 번이고 생사를 넘어왔다.

'돈이 있어야 이곳 세계에서 생활하기 편하지.'

부족에서 상식으로 통용되는 약탈 같은 수단은 피했다. 되도록이면 문명인의 규칙에 따르며 살아왔다. 그들의 방식을 배우고 싶었기 때문이다.

'제길. 그 갑옷을 들고 왔다면…… 이렇게 고생하지도 않았잖아.'

바크만이 유릭을 반응을 보며 의아한 표정을 지었다.

"왜? 부자가 된 게 기쁘지 않아? 금화가 한 상자라고. 거기다 이번 일까지 끝내면 넌 평생 먹고 놀아도 될 정도의 부를 벌써 쌓는 거야. 저 왕자님이 특히 널 좋아하잖아. 준귀족급 기사 작위를 줄지도 모르지. 제길! 말하고 나니까 엄청 부럽네!"

바크만이 흥분하며 외쳤다. 유릭은 의리를 아는 사내다. 크게 성공하더라도 바크만을 챙겨줄 터였다.

"그래, 팔자고."

유릭은 고민 끝에 갑옷을 팔기로 결정했다. 바크만이 일사천리로 판매 교섭을 진행했다.

싸움과는 거리가 멀어 보이는 귀족이 판금갑옷을 사러 용병단 천막까지 찾아왔다. 손가락을 빼곡히 채운 반지들이 화려한 걸 보아 재력이 있는 귀족이었다.

"오호호. 드디어 손에 넣었군. 합법적인 판금갑옷! 이거라면 이상한 핑계로 압수하지 못하겠지."

거래가 성사되자 귀족이 웃었다. 그는 손을 뻗어서 판금갑옷을 쓰다듬었다.

갑옷의 상태를 확인한 귀족이 기꺼이 보석 주머니를 넘겼다. 열어보니 눈이 아플 정도로 형형색색의 보석들이 반짝였다.

'입지도 않을 갑옷을 사 가다니.'

유릭은 내키지 않았지만 내색하진 않았다. 훌륭한 무구가 돈 많은 귀족의 장식품으로 전락했다.

'하지만 이것 또한 문명인의 방식 중 하나인 거지.'

그런 생각이 들자 웃음이 나왔다. 그 미소를 본 귀족은 유릭이 보석 때문에 기뻐하는 거라 생각했다.

"서로서로 좋은 거래였네, 용병대장 유릭."

"뭐, 나쁘진 않았어. 좋아하는 걸 보니 나도 기쁘군."

귀족이 악수를 건넸다. 유릭도 문명인의 관습을 안다. 악수를 받으며 가볍게 어깨를 부딪쳤다.

"아, 그리고 사람들이 자네를 뭐라 부르는지 아는가?"

귀족이 밖으로 나가기 전에 뒤를 돌아봤다.

"엉?"

보석을 하나씩 꺼내보던 유릭이 얼떨결에 고개를 들었다.

"'갑옷 파괴자' 유릭이라고 부른다네. 그 유명세를 잘 이용하게. 자네가 무릎으로 철판을 박살 내는 모습이 사람들 뇌리에 깊게 박혔어. 엊그제 결투를 본 사람들은 가는 곳마다 자네의 이름을 언급하며 그 일화를 떠들겠지. 맨손으로 갑옷을 부순 전사가 있다고 말이야! 오호호홍!"

말을 마친 귀족이 한쪽 눈을 찡긋했다. 유릭은 어쩐지 오한이 들었다.

'갑옷 파괴자' 유릭. 그 명성은 유릭의 몸보다 더 빨리 제국수도에 닿았다. 유릭의 형제들과 파헬은 보름 뒤 제국 수도에 도착했고, 칼 좀 쓴다는 사람들 사이에서는 유릭의 이름을 모르는 사람이 드물었다.

Chapter 6

　제국 수도 하멜은 인구 10만 명에 달하는 제국 최대 도시
다. 하멜은 제국의 전신인 도시국가 '하멜'에서 따온 명칭이
다. 지금에 이르러선 하멜은 수도를 가리키는 명칭이며, 국가
의 이름은 그 존재 자체를 의미하는 '제국'이 되었다.

　"영차! 영차!"

　성벽 외곽에서는 보수공사가 한창이었다. 성벽은 성인 남
성 일곱 명을 합한 것만큼 높았다. 기술자들이 기중기를 이용
해 돌을 들어 올렸다.

　웅성웅성.

　유릭은 정신이 없었다. 모든 것이 한눈에 들어오지 않았다.
눈이 몇 개가 있어도 부족할 것 같았다. 이렇게 사람이 많은
곳은 처음이다. 여러 종류의 인간이 서로에게 신경도 쓰지 않

고 지나갔다.

"유릭, 그러다 길을 잃어버리겠어. 킬리오스 옆에 딱 붙어 있으라고."

파헬이 말했다. 그는 유릭이 당황하는 모습을 아까부터 지켜봤다.

'아무리 유릭이라도 제국 수도를 처음 봤는데 당황하지 않을 리가 없지.'

세계 어딜 가도 이런 곳은 없다. 하멜에는 모든 게 다 있다. 학문의 중심지이며 세계 최대의 상업도시이기도 하다. 인구는 10만 명이지만, 그중 유동 인구가 2만에 달할 정도로 왕래가 잦은 대도시.

'제국의 심장.'

유릭은 그 말의 의미를 알았다. 이곳에 문명의 정수가 있었다. 도시 외곽에 들어섰을 뿐인데도 절실히 느꼈다. 그간 유릭이 문명세계에서 본 것들은 어린애 장난에 불과했다.

"평소보다 도시가 더 붐빌 거요. 매년 열리는 마상창시합이 얼마 남지 않았기 때문이지. 어쨌든 황궁으로 들어갈 수 있는 사람은 다섯 명이오."

안내하던 태양전사 하발드가 말했다. 외부 용병단이 황궁에 들어갈 수 있을 리가 없다.

유릭은 손뼉을 치며 용병단 간부들을 모았다.

"연락책으로 바크만이 나와 같이 궁에 들어간다. 나머진 적당한 숙소를 잡아둬."

용병들은 벌써부터 웃음을 비실비실 흘렸다. 흥청망청 즐길 생각에 온몸이 근질근질했다. 제국 수도는 그 규모만큼이나 아름다운 여인이 많았다. 돈만 있다면 온갖 유흥을 즐길 수 있는 곳이다.

유릭은 용병들을 보내고 나서 제국의 광장을 바라봤다. 처음 보는 복식들도 수두룩했다. 제국어가 아닌 지방 왕국의 언어들도 자주 들렸다. 발걸음이 닿는 곳은 모조리 포장길이었고, 말로만 듣던 수로와 연결된 우물도 보였다. 우물마다 병사가 두 명씩 짝지어 있었는데, 그들은 행여나 우물에 독이나 오물을 푸는 이가 없는지 감시했다.

저벅.

유릭이 수로에 연결된 우물 가까이 다가갔다. 병사가 유릭을 힐끗 쳐다봤다.

"어이, 촌뜨기. 물을 마시고 싶으면 바가지를 따로 가져와. 손을 넣어 마시면 안 되니까."

병사가 말했다. 도시의 우물마다 병사를 배치할 정도로 수도의 치안 수준이 높았다.

"병사, 말조심하게. 이 사내는 제국의 손님이네."

하발드가 뒤에서 걸어오더니 말했다. 병사가 움찔하며 하발드의 복장을 확인했다.

'태양전사단!'

일개 병사가 함부로 대할 신분이 아니었다. 병사가 하발드와 유릭의 눈치를 살폈다.

"괜찮아, 괜찮아. 당연히 내가 촌뜨기지. 하하, 멋지군. 이런 건 처음이야. 도대체 이 물들을 어디서 퍼오는 거지?"

유릭이 웃으면서 병사의 어깨를 툭툭 쳤다.

"흠, 흠. 여기 잔이 있소."

병사가 자신의 허리춤에 걸어둔 청동잔을 꺼냈다. 유릭이 잔을 받아서 우물물을 떴다.

"크으."

유릭이 물을 벌컥벌컥 마셨다. 물맛이 좋았다. 고인 물이라는 느낌이 들지 않았다.

"유릭, 어떤가?"

하발드가 유릭의 반응을 기다렸다. 제국인들, 특히 수도의 사람들은 하멜에 대한 자부심이 대단하다. 그들은 외지인들의 반응을 즐겼다.

"……끝내주는군."

유릭의 고향에서는 가뭄이 들면 땅바닥에 고인 물을 먹고 버티는 경우도 흔했다. 몸이 약한 이들은 오염된 물을 먹고 죽어 나갔다. 물은 생명의 원천이다.

유릭은 수로의 끝을 바라봤다. 거미줄처럼 갈라진 수로들은 오염되지 않도록 건물 위로 지나갔다. 수로가 도시에 생명을 불어넣는 혈관이었다.

'제국의 심장.'

도시 전체가 하나의 생명 같았다. 도시계획을 따라 분리된 구역들은 하나의 예술품처럼 아름답다. 10만 명이 사는 대도시인데도 표지판을 따라가면 원하는 구역을 찾는 게 어렵지 않았다.

"멋지군. 자랑스러워하라고. 이런 곳을 지키는 병사라는 걸."

유릭이 병사에게 청동잔을 돌려주며 말했다. 병사가 당연하다는 듯이 자신의 가슴을 쳤다. 사슬갑옷이 철렁였다.

"물론이오, 이방인. 우린 이 도시에 모든 걸 바쳤소."

병사의 자부심이 하늘을 찔렀다. 그만큼 도시 병사들의 사기가 높았다.

'얼마나 오랜 시간이 지나야 내 고향에도 이런 문명이 태동하는 걸까……'

유릭은 갑자기 슬펐다. 까마득한 격차를 느꼈기에 암담했다.

'내 형제들은 평생 이런 게 있는지도 모르고 살겠지. 평생 좁은 초원에서 다른 부족들과 아옹다옹하고, 그게 세상의 전

부라고 생각하며…….'

가슴이 답답했다. 자신이 보고 느낀 걸 고향의 형제들에게도 느끼게 해주고 싶었다. 더 넓은 세상을 보고 느끼는 경이, 미지에 대한 가슴 벅참.

먹고 마시고, 죽이고 죽고. 그것만이 인생의 전부가 아니라, 그 이상을 추구하며 진정으로 살아 있다는 걸 느끼는 것.

유릭은 문명세계에 오고 나서 진짜 살아 있다는 실감을 받았다. 그는 삶의 의미를 찾았다. 스스로 사명감을 느꼈다.

탐구하고 보아라. 앞으로 나아가라.

내면의 목소리가 들렸다.

기쁘고도 슬펐다. 소리를 지르고 싶었다.

"유릭! 도시를 둘러보는 건 나중에 해도 충분해. 우린 여기서 오래 머물 거니까."

멀리서 파헬이 외쳤다. 그가 성인이 되기까지는 두어 달이 남았다. 그때까지는 수도에서 체류할 예정이다.

"유릭 공."

하발드가 유릭을 높여 불렀다. 하발드는 저번 결투에서 유릭의 활약을 보고 높게 평가했다.

'공이라는 호칭이 부끄럽지 않은 전사다.'

태양전사단은 신실함만큼이나 전사의 명예를 중시하는 집단이다.

"혹시라도 태양전사단에 관심이 있으면 언제든 환영하오. 교리에 대한 이해는 다소 부족한 듯하나, 그거야 배우면 될 일이니까."

"관심 없어."

유릭이 단칼에 거절했다. 염두에 두지조차 않는 말투에 하발드가 당황했다.

"음, 공께서는 이해를 못 한 것 같은데, 이런 제안을 아무에게나 하지 않소. 태양전사단은 대단한 명예요."

"그 명예가 내 명예는 아니지."

하발드가 입을 다물었다가 재차 조심스레 말했다.

"그럼 어떤 명예를 원하는 거요?"

"나도 몰라. 누굴 모시고 그런 건 전혀 내 가슴이 움직이지 않는다고. 나는 내 심장이 뛰는 일을 따라갈 뿐이야."

"심장이 뛴다라……. 그건 그저 허울 좋은 말이오. 단순히 욕망대로 살아가는 방탕한 삶이지. 유릭 공."

"내 욕망은 나쁘지 않아. 방탕하지도 않고."

유릭이 슬슬 짜증을 냈다. 하발드의 훈계조에 질렸다.

"태양교의 신자라면 어두운 욕망보다 태양의 교리에 따라 충실하게 살아가는 게 옳은 거요. 그대도 태양교의 신자이지 않소."

하발드는 한 치도 물러서지 않았다.

'왜 스벤이 하발드를 죽이고 싶어 했는지 알 것 같군.'

확고부동한 종교적 신념. 자신만이 옳다고 말하는 오만함. 그 오만함을 받쳐 줄 실력과 굳건한 집단의 소속감.

하발드는 분명 어떤 기준으로는 매우 도덕적이고 선한 자이다. 유릭은 농부를 구하려고 하지 않았지만, 하발드는 망설임 없이 농부들을 구하러 달려갔다.

'문명인의 다양한 방식.'

유릭은 문명인들의 방식을 존중했다. 그들의 방식이 때론 이해되지 않아도 그저 내버려 뒀다.

"내 삶의 방식을 존중하지 않는 사람을, 내가 존중해야 할 필요는 느끼지 못하겠군. 하발드, 여기서 한 마디만 더 지껄이면……."

좋았던 기분이 가라앉았다. 유릭이 폭언을 쏟아내려고 했다. 그의 손가락이 칼의 손잡이를 더듬었다.

"유릭!"

파헬이 잽싸게 킬리오스에서 내리며 유릭을 잡아당겼다.

"지금 너는 누굴 위해 일하고 있는 거지?"

파헬이 유릭의 팔을 잡으며 말했다. 푸른 눈동자가 유릭을 응시했다.

"그거야 당연히 돈을 주는 너를 위해서지."

유릭이 피식 웃었다.

"그럼 입 다물어. 용병은 용병답게 굴어야지."

파헬이 유릭의 가슴을 툭 치며 말했다.

유릭의 머리가 팍 식었다. 그가 하발드를 바라봤다.

"하여튼 서로서로 조심하자고, 하발드 경."

하발드도 말이 격해진 걸 느끼곤 고개를 끄덕였다. 하발드도 지나치게 독실할 뿐이지, 경우는 아는 사람이었다.

"어쨌든 태양전사단은 언제나 유릭 공 같은 전사를 환영하오."

그러나 하발드가 끝까지 지지 않고 말했다. 유릭이 배를 잡으며 웃음을 터트렸다.

'왕자님, 대단하십니다.'

필리온이 뒤에서 울컥한 감정을 느끼며 생각했다. 유릭과 하발드 사이의 분쟁이 생기기 전에 파헬이 먼저 나서서 말렸다. 얼마 전까지만 해도 파헬에게는 그런 위엄이나 행동력이 없었다.

'험난한 경험이 왕자님을 키워낸 거지. 아무렴.'

필리온은 대관식을 치르는 파헬의 모습을 상상했다.

제비궁은 손님들의 거처다. 철새인 제비처럼 손님들이 오간다는 의미였다.

하발드에게 안내받은 파헬 일행은 제비궁에서 이틀을 머물렀다. 기다리던 알현 요청은 대답조차 오지 않았다.

"알현 일정을 잡을 수 없다니! 그게 무슨 말이오!"

필리온이 흥분했다. 아직 망명 요청조차 확답받은 게 아니었다. 어디까지나 왕족 손님으로 파헬은 궁에 머물렀다.

"폐하께선 항상 공무로 바쁘십니다. 때가 되면 날짜를 알려 드리겠습니다."

제비궁의 관료가 말했다. 그는 제비궁을 총괄하는 궁사관이었다.

"이분은 바르카 아누 포를카나 왕자님이오! 왕족의 망명 요청이 그렇게 유야무야 밀릴 일이란 말입니까!"

필리온이 계속 따지고 들었다. 궁사관은 안색 하나 변하지 않고 대답했다.

"그리 말씀하셔도 제 권한으로 어쩔 일이 아닙니다, 필리온 경. 저는 그저 제비궁에 머무는 분들의 심부름꾼일 뿐이죠."

필리온의 얼굴이 붉게 변했다.

'제국 수도에만 도착하면 모든 일이 해결될 거라 생각했거늘!'

황제의 얼굴조차 아직 보지 못했다. 당장이라도 황제가 머무는 궁으로 쳐들어가고 싶은 심정이었다.

"그만둬, 필리온 경."

파헬이 땀을 닦으며 걸어왔다. 그는 호위기사와 연습 대련을 하고 나오는 길이었다. 그는 여정 내내 틈만 나면 단련을 했다. 그간 몸이 근육이 제법 붙었다. 팔이 굵어지고 근육의 굴곡이 두드러졌다.

"바르카 아누 포를카나 왕자님을 뵙습니다."

궁사관이 예를 갖추며 말했다. 파헬이 손을 들어서 인사를 받았다.

"폐하께선 내게 그리 관심이 없으신가 보군. 자신의 자리를 지키지 못하고 도망치듯 망명 온 왕자는 볼품없다 생각하시는 거겠지."

파헬이 웃었다. 궁사관이 고개를 저었다.

"제비궁에는 알현 한 번을 위해 몇 달을 머무는 분들도 계십니다. 그저 일이 밀린 것뿐이죠."

파헬은 궁사관을 바라봤다. 궁사관에게 뭐라 말하는 건 의미가 없었다.

"괜히 귀찮게 굴어서 미안하게 됐어. 가 보게."

파헬이 궁사관을 내보냈다. 필리온이 불만에 찬 얼굴로 옆을 서성였다.

"왕자님은 그저 그런 손님이 아닙니다. 포를카나 왕국의 후계자란 말입니다!"

"그래서? 뭐? 후계자면 하늘에서 갑자기 군대라도 떨어지나? 내 왕위를 찾아줄 군세가 땅에서 솟아나?"

파헬이 시큰둥하게 말했다. 필리온이 입을 다물었다.

"경이 날 위한다는 건 알아. 하지만 내 신분이나 이름은 아무것도 아니야. 내가 이번 여행에서 배운 건 그거였어. 신분이 나를 왕으로 만들어주지 않아. 내가 나를 왕으로 만들어야 하지."

"하지만 왕자님은 고결한 신분입니다. 누가 뭐래도요. 그런 부분에 있어서는 가끔 옛날처럼 억지를 부려도 됩니다."

파헬이 필리온의 말을 들으며 수건으로 땀을 닦았다. 그가 제비궁을 오가는 사람들을 바라봤다. 필리온처럼 궁사관을 붙잡고 따지는 사람이 많았다.

'대부분 황제를 알현하고자 기다리는 사람들. 기다리다 지쳐 포기하고 돌아가는 사람들도 이틀 사이에 여럿 봤어.'

어쩌면 파헬도 그런 신세가 될지도 모른다. 그는 잠시 무언가 생각하더니 눈을 감았다가 떴다.

"필리온 경, 유릭을 불러줘. 아마 태양전사단 연병장에 있을 거야."

필리온이 불만을 감추며 고개를 끄덕였다. 이틀 사이에 유릭은 태양전사단들과 자주 어울렸다. 갑옷 파괴자라는 이명이 전사들의 관심을 끌었다.

태양전사단의 무기고는 세계 제일의 무기 창고 중 하나다. 제국 공방에서 만든 강철 무기들이 종류별로 걸려 있었으며, 소수지만 판금갑옷도 몇 벌 있었다.

"어때? 멋지지 않나?"

태양전사 몇 명이 유릭에게 무기고를 보여주며 말했다.

태양전사단은 북부인과 남부인, 그리고 야만인 혼혈로 구성된 전사단. 그들은 '기사'가 아니라 '전사'라고 칭해지는 만큼 자유분방했다. 외부인인 유릭을 반기며 무기고를 공개했다.

"이거 죽이는걸. 날이 이렇게 바짝 서 있다니. 하나 가져도 돼?"

유릭이 저번 결투에서 부러진 도끼를 생각하며 말했다.

"입단하라니까. 그러면 마음대로 가져가도 돼."

태양전사가 말했다. 그들이 자기네들끼리 웃으며 유릭을 쳐다봤다.

"생각보다 좋은 곳인걸. 하발드 같은 녀석만 있을 줄 알았는데."

"하발드는 좀 딱딱한 편이지. 하지만 높으신 분들은 그런 놈을 좋아하잖아. 하하."

태양전사들이 웃었다. 그들 중에서는 어린 시절을 문명세계 바깥에서 보낸 자도 많았다. 아무리 태양교로 개종해서 문명화된 자들이라도 야만인 특유의 기풍이 남아 있었다.

휙!

유릭이 양날도끼 하나를 꺼내서 가볍게 휘둘렀다. 공기를 가르는 소리가 남달랐다. 야금학의 정수가 이 무기에 담겨 있었다.

철이라고 다 같은 철이 아니다. 철의 품질은 산지마다 다르며 어떤 열처리를 거치냐에 따라 철의 성질이 바뀐다. 일명 제국강철이라 불리는 강철은 무기로 쓰기에 최상등품인 철이었다.

'문명인들이 연구에 연구를 거쳐 만든 무기.'

부족의 철제 무기와는 급이 달랐다. 부족의 철제 무기는 품질 낮은 철광석이나 사철을 모아 어설프게 두들겨 만든 수준이다.

'갖고 싶군.'

유릭의 제국강철검은 수명이 다되어 갔다. 아무리 좋은 무기라도 어디까지나 소모품이다.

"갖고 싶지? 갖고 싶을 수밖에 없지. 넌 무기의 가치를 아는 전사니까."

태양전사들이 유릭을 놀리듯 말했다.

"그냥 하나 달라고. 돈도 줄게."

유릭이 칭얼거리듯 말하자, 태양전사가 고개를 저었다.

"이건 파는 물건이 아니라고, 갑옷 파괴자 씨."

"그럼 사람 놀리려고 데려온 거냐? 심보가 고약하네."

유릭이 들었던 무기를 원래 자리에 가져다 놓았다.

"태양전사단은 항상 사람이 부족해. 기량이 뛰어난 전사이면서도 개종한 야만인 혈통이라는 조건을 의외로 갖춘 사람이 많이 없거든. 기량이 좋은 놈들은 곧 죽어도 개종하지 않고, 개종한 놈들은 태반이 문명세계에게 빌붙기 위해 개종한 거라 신앙심도 없고 전사의 자질도 부족해."

태양전사단이 유릭에게 눈독을 들이는 이유였다. 유릭의 기량은 이미 하발드가 증언했다.

"흐음."

유릭이 잠시 턱을 매만졌다. 생각보다 태양전사단은 딱딱한 집단이 아니었다. 사람마다 차이가 있을 뿐, 꽤나 유연한 집단이었다.

"하지만 황제를 섬겨야 하잖아? 우웩. 누군가 내 위에 둔다니. 그건 내 성질머리에 안 맞아."

유릭이 손을 저었다. 그는 태양전사들을 바라봤다. 하나하나가 묵직한 전사들이었다. 병졸들과는 질적으로 달랐다.

"그렇다면 자네는 자신의 힘과 검을 누구를 위해 쓸 생각이지?"

태양전사가 굳건하게 서서 말했다. 그들은 황제에게 칼을 바친 자들이다.

"하발드와 비슷한 말을 하는군. 대답할 가치도 없어."

"우리가 가진 폭력은 아무리 좋게 포장해도 악이네. 누군가를 해치는 데밖에 쓰지 못하지. 하지만 그 검을 태양신 루와 황제에게 바친다면 올바른 일을 행할 수 있네."

"동족을 해치고 정복하는 일이 올바르다고 말하다니. 그것도 그거 나름대로 역겹군."

유릭이 입꼬리를 비틀며 말했다.

"그 비난에 대해서는 할 말이 없네. 우린 분명 동족을 적대시하고 있지. 하지만 올바른 변화에도 다소의 출혈은 따르는 법이네."

"가족과 형제들에게 칼부리를 겨누는 건 개 같은 짓이야. 어떤 말로 포장해도 말이지."

유릭이 단호하게 말했다. 그도 스벤처럼 태양전사에 대한 근본적인 혐오감을 느꼈다. 유릭의 가치관으로는 태양전사들을 인정하기 힘들었다.

'역시 나도 스벤과 똑같군. 저들의 방식을 인정할 수가 없어.'

부족과 형제들을 배반한다는 건 용납할 수 없는 일이다. 다른 건 다 용서해도 그것만큼은 안 된다. 유릭의 눈으로 보기에 태양전사들은 '악'에 치우친 존재들이었다.

"유릭, 자네는 개종을 했어도 여전히 야만인의 정체성을 버리지 못했군."

"사람이 자신의 근본을 잊으면 안 되지."

유릭이 대답했다. 태양전사들이 입을 다물었다.

'이자는 태양전사에 어울리는 사내가 아니다.'

태양전사들은 더 이상 유릭을 설득하지 않았다.

"무기고는 잘 구경했어. 다음에 보자고."

유릭은 얼마 있지 않아서 파헬의 호출을 받았다. 유릭은 연병장을 나가서 제비궁으로 돌아갔다. 그는 멀리서 보이는 다른 궁들을 쳐다봤다.

'뭐든 다 보여줄 것처럼 하더니, 내가 오갈 수 있는 곳은 여기뿐이군.'

감옥에 갇힌 기분이었다.

'차라리 궁을 나가서 도시를 돌아다니는 게 낫겠어.'

유릭이 이런저런 생각을 하며 파헬의 방으로 들어섰다.

"왔군."

파헬과 필리온이 이야기를 하다가 유릭을 반겼다. 파헬의 표정이 밝아졌다.

"그 황제라는 사람은 언제 볼 수 있는 거야?"

유릭이 하품하는 시늉을 했다.

"쉽지 않아. 제국에선 날 대단케 생각하지 않는 것 같거든. 어쩌면 꽤 오래 기다려야 할지도 모르겠어."

파헬이 멋쩍게 웃었다.

"넌 왕족이잖아. 높은 신분! 그 자신감은 어디 간 거야? 이 자식아."

유릭이 파헬의 등을 크게 쳤다. 파헬이 넘어질 듯이 휘청거렸다.

"그래 봐야 황제에 비하면 달빛 아래 반딧불이지."

파헬이 자조했다. 그는 자신의 비참한 처지를 느꼈다.

"기운 내라고, 파헬. 죽을 둥 살 둥 여기까지 뭐 하러 온 거야? 그냥 빈손으로 돌아가서 숙부한테 왕위 상납이라도 하려고?"

유릭 나름의 응원이었다. 파헬이 쓰게 웃었다. 그는 필리온에게 자리를 비켜달라는 신호를 보냈다. 필리온이 고개를 숙이며 방을 나섰다.

"유릭, 너는 이미 용병대장으로 충분히 일했어. 내가 어떤 보상을 하더라도 부족할 거야. 더군다나 내 수중에는 네게 추가로 지불할 돈도 없어. 만약 내 체류가 길어지면 용병단 경비조차 지불하지 못하겠지."

용병단은 파헬을 쉽게 배신하진 않는다. 마지막 보상을 기대하고 있기에 경비 없이도 어느 정도는 버틸 터다. 하지만 결국 용병은 용병이다. 파헬이 돈을 더 이상 지불하지 못하면 결국 떠나거나, 어쩌면 파헬을 하르마티 공작에게 팔아넘길 것이다. 설사 용병대장 유릭이 반대할지라도.

"우울한 소리는 집어치워."

"그래서 이건 고용주로 부탁하는 게 아니야."

파헬이 양손 깍지를 끼며 말했다. 그가 초조하게 입술을 달싹이다가 고개를 들었다.

"너도 남자잖아. 계집애처럼 속에 담지 말고 말해."

유릭이 탁자를 손가락으로 두드렸다.

"내가 황제를 알현하려면 다른 방법이 필요해. 황제가 소국의 왕자인 내게 흥미를 가지도록 해야 하지."

파헬은 많은 고민 끝에 결정을 했다. 내키지 않았다. 그는 유릭과의 관계가 좋았다. 그 관계를 망칠 만한 부탁 따윈 하고 싶지 않았다.

'하지만 난 왕이 될 거야.'

왕은 개인적인 감정을 넘어서 더 큰일을 결정해야 한다.

"그래서?"

"만약 네가 나를 친구로 생각한다면……. 친구로서 부탁하는 거야, 유릭. 마상창시합에 나가서 우승을 해줘. 내 이름을 짊어지고, 나의 기사로."

파헬이 눈을 질끈 감았다가 떴다. 유릭의 얼굴을 당장 쳐다
보지 못했다. 염치없는 부탁이라는 걸 누구보다 자신이 잘 알
고 있었다.

　'유릭이 거절하더라도 할 말이 없어. 터무니없는 부탁이지.'

　하지만 유릭이 부탁을 거절한다면, 파헬과 유릭은 다시는
예전과 같은 관계가 되기 힘들 터다. 우정을 빙자한 부탁이라
는 건 원래 그러하다. 친구라는 관계를 인질로 잡아서 협박하
는 거나 마찬가지다.

　파헬은 거절 뒤에 올 관계 파탄을 각오하고서 부탁을 했다.
왕의 결정이었다.

　"고작 그런 걸로 고민한 거냐? 그냥 네 이름 달고 싸우면 되
는 거지? 싸움은 내가 제일 잘하는 거잖아."

　"어? 응?"

　예상외의 반응에 파헬이 얼떨결에 대답했다. 유릭은 별다
른 고민도 없이 수락했다.

　"나는 너와 달라, 파헬. 사람 몇 명 죽이고 쌈박질하는 건
내게 아무것도 아니야. 그런 사소한 일이라면 얼마든지 부탁
해도 돼. 서로 다른 특기가 있으면 그걸 살려서 상부상조해야
지. 안 그래?"

　"난 이 부탁을 하면서도, 너한테 해줄 수 있는 게 아무것도
없어."

"…친구끼리는 가끔 무보수로 뭔가 해주기도 하는 거지. 이건 용병 유릭에게 부탁하는 게 아니라 친구 유릭에게 부탁하는 거잖아."

파헬은 눈물이 나올 것 같았지만 참았다. 그가 굳게 입술을 깨물며 고개를 끄덕였다.

'반드시 난 왕이 되겠어.'

각오가 단단하게 굳었다. 그는 유릭을 쳐다봤다. 유릭은 고개를 좌우로 흔들며 턱을 긁었다.

"야, 근데 마상창시합이라는 게 뭐냐? 싸우는 건 맞지? 그게 아니면 나한테 부탁하지도 않을 거고."

그 말을 들은 파헬이 헛웃음을 뱉었다가 사레에 들려 콜록거렸다. 눈물이 찔끔 나왔다.

'정말이지, 대단하군. 뭔지도 모르면서 수락부터 하다니.'

Chapter 7

마상창시합, 그 역사는 오래되지 않았다. 약 5년 전부터 제국 각지에서 시작된 새로운 문화였다.

제국이 대대적으로 치른 전쟁은 10년 전의 야만인 잔당 토벌이 마지막이었다. 국가 규모의 전쟁은 끝났지만, 영주들끼리의 국지적인 분쟁은 계속 있어왔다. 귀족들은 서로의 영토를 다투었고, 여전히 우수한 기사가 필요했다.

'어떻게 우수한 기사를 찾아낼까?'

귀족들은 그 방법을 찾아냈다. 바로 마상창시합이었다. 일반적인 검술 대결과 달리 기사에게 필요한 모든 전투 능력을 총동원하는 새로운 시합이었다.

마상창시합은 방랑 기사들에게 좋은 돈줄이자 등용문이 되었지만, 어디까지나 전투마와 기사 장비를 갖춘 자들에 한해서였다. 여전히 가난한 전사들은 전쟁 없이 출세의 기회를 잡지 못했다.

"마상창시합은 기마전과 도보전으로 나뉘네."

필리온이 마상창시합에 대해 설명했다. 유릭이 킬리오스 옆에 기대어 설명을 들었다.

"기마전에서 꼭 창을 써야 하는 거야? 창을 못 다루는 건 아니지만 내 취향은 아니거든."

"반드시 창을 써야 하는 건 아니네. 하지만 열에 아홉은 창을 쓰지. 우승자도 하나같이 전부 창을 쓴 자들이네. 다른 무기는 고려할 가치가 없을 정도로 창이 압도적으로 우월한 무기이네. 적어도 마상창시합에서는 말이지. 괜히 마상창이라는 이름이 붙은 게 아니네!"

필리온이 강조했다. 그가 창을 쥐는 법을 가르쳤다. 겨드랑이에 창을 바짝 붙이고 말의 힘을 창끝에 싣는 형태였다.

"제대로 된 기병들이 창을 들고 기마 돌격을 한다면, 그 누구도 막지 못하지. 그런 기병대를 갖춘 군대는 손에 꼽을 정도지……. 하여튼 기마전에서 먼저 떨어진 사람은 불리한 상황에 놓이네. 기마전에서 먼저 낙마한다면 승산이 낮기 때문에 기권하는 경우도 많지."

"흐음."

유릭이 턱을 매만졌다. 그도 기병의 무서움을 안다. 보병이

기병을 상대하기란 무척 어려운 일이다. 커다란 말의 위압감은 보통이 아니다. 유릭도 기병과 마주하면 죽을힘을 다해서 싸워야 했다.

"지금까지 자네가 싸운 방식과는 전혀 다르겠지. 무거운 철제갑옷도 입어야 하고, 한 손에는 방패, 다른 손에는 창을 들 테니까."

"그러면 차라리 그쪽 호위기사가 나가는 게 낫지 않아? 나 같은 놈보다 말이지."

"자존심이 상하는 일이지만, 속성으로 배우더라도 자네가 시합에서 우승할 확률이 훨씬 높네……."

필리온이 씁쓸하게 말했다. 유릭은 정상급 일류 전사다. 필리온이 봐온 수많은 기사와 전사들 중에서도 손에 꼽힐 만했다. 젊은데도 실전 경험이 많으며, 타고난 완력은 신의 축복을 받았다고 해도 과언이 아니었다. 유릭 수준의 전투 능력은 노력만으로 이룩할 수 없는 재능의 영역이었다.

'그런 전사가 문명의 이기를 흡수한다면……. 얼마나 대단한 기사가 될까! 생각만 해도 끔찍하지만 내 눈으로 직접 보고 싶군.'

필리온은 다른 호위기사와 모의 시합을 했다. 어떤 흐름으로 시합이 진행되는지 몸으로 보여줬다.

"오른손가락도 없는데 잘 싸우는걸! 필리온."

유릭이 구경하며 외쳤다.

'자기가 잘라놓고 잘도 말하는군.'

필리온이 헛웃음을 흘리며 빌려온 전투마를 다독였다. 그는 느긋하게 말을 몰아서 호위기사와 모의 시합을 했다.

유릭은 말과는 달리 눈을 부릅뜨고 모의 시합을 꼼꼼하게 지켜봤다. 그의 동공이 필리온의 움직임 하나하나를 좇았다.

'잘 보고 배우고 있어. 역시 똑똑하군.'

필리온도 유릭의 지능이 범상치 않다는 걸 알고 있었다. 유릭은 파헬에게서 종종 글을 배웠는데, 파헬은 매번 유릭의 학습 능력에 감탄했었다. 유릭은 한 번 배운 걸 까먹지 않았다.

"좋아. 시연은 이 정도면 됐어. 이제 내가 한번 해보지. 상대해 달라고, 필리온 경."

유릭이 킬리오스를 두드리며 말했다. 킬리오스가 콧김을 뿜으며 유릭이 올라타길 기다렸다.

필리온은 유릭이 준비되길 기다리며 말을 천천히 몰았다.

'부탁한다, 킬리오스.'

유릭이 킬리오스의 갈기를 쓰다듬었다. 승마는 교감이 중요했다. 유릭은 파헬에게 승마의 요령을 계속 배웠었다.

'파헬, 너는 내게 해준 게 없다고 했지만, 나 역시 네게 많은 걸 배웠어.'

파헬은 아는 게 많은 소년이었다. 또래만이 아니라, 귀족이나 왕족 중에서도 지식이 풍부한 편이었다. 유릭은 궁금한 게 있을 때마다 파헬에게 물었고, 대답을 얻어냈다.

파헬의 부탁이 불쾌하지 않았다. 오히려 흔쾌히 들어주고 싶었다. 파헬의 부탁은 유릭의 마음을 충분히 움직였다.

'나는 내 마음이 가는 대로 행한다.'

유릭은 마상창을 들어 올리며 생각했다. 성인 남성 둘을 합친 것만큼 기다란 창이었다.

'하늘산맥에서 내가 동쪽으로 내려온 까닭은 내 마음이 이곳으로 향했기 때문이지. 그것 말곤 아무런 이유도 없어.'

유릭은 기뻤다. 그는 많은 걸 보고 배웠다. 그런데도 세상의 끝이 아직 보이지 않았다. 미지가 언제나 그를 기다렸다.

"유릭, 창을 단단히 고정하게. 자네의 체격과 힘이라면 말의 힘을 온전히 싣고도 남아. 제대로 돌격한다면 당해낼 자가 없겠지."

반대편에서 필리온이 말했다. 필리온은 말 옆구리를 차며 슬금슬금 다가왔다.

"킬리오스, 가자."

유릭도 킬리오스에게 신호를 보냈다. 필리온과 유릭은 창으로 서로의 방패를 가볍게 두드리며 지나갔다.

캉!

경쾌한 소리가 났다. 서로의 위치를 바꾼 필리온과 유릭이 묵례를 하며 예를 갖췄다. 기사의 예의였다.

"기사라면 적에 대한 경의도 잊지 말아야 하네. 명예를 걸고 싸우는 자리라면 더더욱."

"난 기사가 아닌걸."

"적어도 마상창시합에서는 기사여야 하네. 왕자님의 이름을 걸고 싸우는 자리니까."

"흐응."

유릭이 콧소리를 흘리며 웃었다.

"만약 기마전에서 세 번 교차했는데도 끝나지 않는다면, 도보전으로 들어가네. 말에서 내려 서로의 무기를 뽑아서 상대를 제압하는 거지."

"한 사람만 낙마하면 그 상태에서 말을 탄 상대와 싸워야 하는 거지?"

"그렇네. 기마전에서 이기기 힘들다고 판단되면 수비적으로 버티는 것도 나쁘지 않아. 차라리 도보전으로 끌고 가는 게 낫지."

필리온이 마상창시합 요령을 설명했다. 사실 필리온도 마상창시합에 참가해 본 적은 없다. 필리온이 젊었던 시절에는 이런 대회가 있지도 않았다. 근래 생긴 문화였다.

"그냥 말 위에서 도끼를 던지거나 말을 공격하면 안 돼?"

유릭이 묻자 필리온이 고개를 저었다.

"안 되네. 어디까지나 마상창시합은 서로의 기량을 겨루는 자리야. 대놓고 목숨을 노리거나 비싼 전투마가 상할 만한 일은 삼가는 게 예의지. 지나치게 잔혹한 시합을 한다면 귀족들이 좋아하지 않을 걸세. 이건 검투 시합이 아니니까. 악의적으로 목숨을 뺏었다고 판단되면 실격하기도 하네."

"까다롭군. 죽이지 않고 제압하는 게 더 힘든 일이잖아."

유릭이 목을 좌우로 비틀며 소리를 냈다.

"왕자님께서는 우승을 원하지만, 4강에만 들어도 잘한 거네. 하멜의 마상창시합은 각지에서 실력자들이 몰려오는 시합이지. 결코 쉽지 않을 걸세."

필리온이 경고하듯 말했다.

"하하, 필리온 아저씨. 나는 싸움에서 져 본 적이 한 번도 없다고. 마상창시합도 결국 싸움이잖아."

"자신감만큼은 든든하군."

필리온이 유릭을 쳐다봤다. 실력과 자신감을 둘 다 갖춘 전사. 하지만 든든한 만큼 가슴 한구석에서는 불안감이 솟았다.

제국 수도 하멜의 마상창시합은 아무나 참가하진 못한다.

확실한 명성이 있거나 신원이 증명된 기사들만이 참가한다. 어중이떠중이들은 접수 과정에서 탈락했다.

"내가 누군지 알아? 르르만 마상창시합에서 준우승을 차지한……."

접수처에서 기사 하나가 소리를 질렀다.

"르르만은 또 어딥니까? 준우승이고 자시고, 신원을 증명할 만한 귀족 나리나 데려오시죠. 하멜의 마상창시합이 우습게 보이십니까?"

"너, 너! 감히 기사인 내게 말버릇이!"

기사가 칼을 뽑을 기세였다. 접수처의 관료는 이런 일에 익숙했다.

'기사란 족속들은 멍청한 데다가 자존심만 높지.'

기사들은 멍청하고 예의가 없다. 특히 하급 기사일수록 수준이 떨어진다. 기사도와 예의를 아는 기사들은 소수에 불과했고, 주인 없는 기사들은 칼을 들고 갑옷을 입은 건달이나 마찬가지다.

"비켜."

굵직한 목소리가 뒤에서 들렸다. 행패를 부리던 기사가 눈을 부라렸다.

"비켜어어어? 지금 내게 한 말을 취소하지 않으면 결투를……."

기사가 입을 다물었다. 자기보다 머리 하나는 더 큰 사내가 서 있었다.

"내게 결투를 신청해라. 빨리, 신청해. 눈 깜짝할 사이에 저승길로 보내줄 테니까."

유릭이 으르렁거리며 말했다. 그 위압감에 기사가 짓눌렸다.

"아, 아무것도 아니오."

기사가 눈을 내리깔며 옆을 지나갔다. 유릭이 미소를 지으며 접수처로 걸어갔다.

"성함이 어떻게 되시죠?"

접수처 관료도 웃으며 유릭과 마주했다.

"유릭. 후견인은 바르카 아누 포를카나 왕자."

유릭은 파헬이 작성한 문서를 내밀었다. 인장이 찍힌 문서를 확인한 관료가 옆 사람에게 넘겼다.

포를카나 왕족의 인장 모양은 청어와 낚싯배다. 해양 왕국다운 인장이었다.

"포를카나 왕족의 인장이 맞습니다. 포를카나의 왕자가 제비궁에 머물고 있죠."

그 말을 들은 접수관이 고개를 끄덕이며 유릭의 이름을 문서에 적었다.

"이쪽으로 가시죠. 기본적인 심사가 있을 겁니다."

유릭은 안내를 따라 이동했다.

'필리온의 말대로 접수 과정이 지루하군.'

마상창시합에 참가하고자 하는 자들은 넘쳐 난다. 하지만 대진표는 많아야 32명 정도를 뽑을 뿐이다. 참가자들을 전부 뽑아서 일일이 시합을 벌이다가는 끝이 없다. 귀족들도 그걸 바라진 않는다.

하멜의 마상창시합은 규모도 수준도 세계 최고의 시합이다. 참가자들을 미리 심사하고 선별해서 배치한다.

유릭은 따로 마련된 연병장으로 들어섰다. 제국강철 기사단의 기사들이 참가자들을 선별하고 있었다.

"유릭? 흐음. 어디선가 들어봤는데? 자네 야만인인가? 야만인이 왕족의 후원을 받아? 도대체 무슨 관계인 거지?"

유릭을 맡은 제국기사가 고개를 갸웃했다. 도무지 어울리지 않는 조합이었다. 아무리 융화 정책을 펼치고 있다지만, 야만인이 마상창시합에 나가는 일은 드물다. 하물며 하멜의 마상창시합이다.

'왕족의 후원이 아니었다면 진즉 서류에서 떨어트렸을 텐데……'

유릭이 연병장 흙을 툭툭 차며 제국기사를 바라봤다.

"거, 바르카 왕자랑 나는 친구라니까."

기다리다 못한 유릭이 말했다.

"헛소리를 막 내뱉는군. 하지만 인장은 진짜니까, 일단 시험은 하겠네."

제국기사가 말했다. 그가 유릭에게 날이 없는 칼을 건넸다.

"하, 진작 이렇게 할 것이지. 해보자고."

유릭이 신이 나서 칼을 잡았다. 그는 당장이라도 싸울 준비를 했다. 근육이 달아오르는 게 벌써 느껴졌다.

"올빼미의 자세를 취해보게."

제국기사가 말했다. 유릭이 고개를 갸웃했다.

"올빼미의 자세?"

그런 건 필리온에게 듣지도 못했다. 필리온도 마상창시합에 참가해 본 경험이 없었다. 지역마다 시험이나 선별 기준이 달랐다. 이번 마상창시합에서는 기사 검술 자세를 보고 실력을 가늠했다.

"올빼미의 자세도 모르나?"

"그런 걸 내가 알 리가 있나, 이 양반아. 그냥 한번 붙어보자고."

"정말이지. 수준이 떨어지는군. 기사 검술의 기본도 모르는 놈이 왕족의 후원을 받아 마상창시합에 참가하려고 하다니."

제국기사가 혀를 찼다. 기사 검술의 3대 자세는 상단 올빼미, 중단 늑대, 하단 뱀이다. 나머지는 그 파생형이다. 종자가 되면 1년 동안은 그것만 연습한다는 말이 있을 정도다.

"그런 건 모르니까. 다른 걸로 시험해."

유릭이 말하자, 제국기사가 고개를 저었다.

"자네는 떨어졌네. 가 보게."

제국기사가 일말의 재고도 하지 않고 말했다. 수준 높은 참가자들이 넘쳐 난다. 유릭 하나 정돈 없어도 아무렇지 않다.

"장난해? 고작 자세 하나 보고 날 떨어트린다고? 엉?"

유릭이 흥분하며 한 걸음 내디뎠다.

"고작 그 자세 하나 못 익힌 사내가 할 말은 아니군. 기사가 되는 게 쉬워 보이나? 하멜의 마상창시합은 수많은 귀족이 보고 있네. 최고의 기사를 뽑는 자리이기도 하지. 기사의 기본도 모르는 사람을 내보낼 순 없어."

예상 밖의 상황이었다. 싸우는 건 얼마든지 자신이 있었다.

'싸우지도 못하고 끝난다고? 무슨 싸움 시합이 이런 거야?'

유릭은 제국기사를 붙잡아 세웠다. 제국기사가 날카롭게 눈을 치켜떴다.

"나는 우승해야 한다고. 날 통과시켜, 이 자식아."

"이 손 놓게. 다치기 전에."

제국기사가 유릭에게 경고했다. 유릭의 인내심이 바닥났다.

"부탁해. 날 위해 우승해 줘, 유릭."

파헬의 말이 머릿속에 맴돌았다. 그 말만 아니었다면 진작 주먹이 날아갔다.

"다른 걸로 시험해. 두 번 말하지 않겠어. 싸움이라면 뭐든 좋아."

유릭이 이를 바득바득 갈며 말했다.

"우린 전사를 뽑는 게 아니라 기사를 뽑는 거네. 그럼 이만."

제국기사가 유릭의 손을 내치며 등을 돌렸다. 유릭은 목구멍으로 새어 나오는 말을 참지 못했다.

"……거기 서. 그 뻣뻣한 머리를 비틀어버릴 테니까."

"날 모욕하는 건가?"

돌아서던 제국기사가 멈췄다. 유릭이 날이 없는 칼을 들어 올렸다.

"내 이름은 유릭이다. 이름을 밝혀라."

유릭이 말했다. 서로의 이름을 밝히고 명예를 걸고 싸운다. 문명인만이 아니라, 전사의 세계라면 어디서든 통하는 결투의 법도다.

"어처구니가 없군. 네게 밝힐 이름 따윈 없다. 넌 기사가 아니야. 시정잡배인 거지. 여기서 수준이 다르다는 걸 가르쳐 주지. 팔다리 하나둘 정도는 부러질 각오를 해라."

제국기사도 날이 없는 칼을 잡았다. 사나운 긴장감이 맴돌았다.

"우홋홋. 재미난 싸움이로군."

연병장 외곽에서 뒷짐을 진 노인이 껑충껑충 뛰어왔다. 노인치고는 상당히 건장한 체격이었다. 걸음의 보폭도 넓어서 순식간에 다가왔다.

"이자가 저를 모욕했습니다."

제국기사가 노인을 보며 토로했다. 노인이 상관인 듯했다.

"홋홋. 그런가? 그렇다면 결투로 풀어야지. 아무렴. 그렇고 말고. 칼밥을 먹고 사는 사람이라면 당연하지."

노인이 연거푸 고개를 끄덕였다. 그가 가느다란 실눈으로 유릭을 쳐다봤다.

"재미난 결투로군. 강철 기사단의 일원 대 '갑옷 파괴자' 유릭."

노인은 이미 유릭을 알고 있었다. 그는 근래 퍼진 유릭의 이명까지 말했다.

"갑, 옷 파괴자."

제국기사의 표정이 흔들렸다.

'어쩐지 어디선가 이름을 들어본 것 같더니! 제길.'

갑옷 파괴자 유릭. 유릭이라는 이름보다 갑옷 파괴자라는 별명이 더 익숙했다. 그래서 유릭이라는 이름을 듣고 바로 떠올리지 못했다.

'보통은 자신의 별명을 앞에 말하는 법이잖아!'

유릭은 자신의 별명을 내세우지 않고 이름만 말했다. 다른 전사들 같았으면 자신의 유명한 별명을 먼저 말하며 명성을 앞세운다.

'갑옷 파괴자라는 걸 알았다면······.'

이렇게 무시하진 않았을 터다. 갑옷 파괴자의 소문이 절반만 사실이라도 유릭은 무시할 전사가 아니었다. 다른 시험을 통해서 합격시켰을 터다.

이미 물이 엎어졌다. 뱉은 말은 다시 담지 못한다. 정신이 번쩍 들었다. 유릭의 옷자락 밑에 가려진 근육이 드디어 눈에 들어왔다. 범상치 않은 근육들이 꿈틀거렸다.

'페르젠 장군 앞에서 꼬리를 말 순 없어.'

백발이 성성한 노인의 이름은 검귀 페르젠. 제국의 살아 있는 전설이다.

제국기사가 몸을 풀며 호흡을 가다듬었다. 그는 검귀 페르젠과 유릭을 번갈아 봤다.

'나는 강철 기사단의 일원이다. 내 명예는 나만의 것이 아니야.'

개인의 명예가 곧 기사단의 명예. 제국기사는 더 이상 싸움을 피하지 않았다.

"거기 영감, 날 알아?"

유릭이 페르젠을 보며 말했다. 페르젠은 실눈으로 유릭을 노려보다가 웃었다.

"알고말고. 태양전사단 연병장을 돌아다니는 것도 보고 있었지."

"뭐야? 날 졸졸 쫓아다닌 거야? 취미가⋯⋯."

옆에서 그 말을 듣던 제국기사가 버럭 소리를 질렀다.

"무엄하다! 감히 이분이 누군지 알고!"

"그냥 덩치 좀 좋은 노인네잖아. 소싯적에 칼 좀 휘둘렀나 봐?"

유릭의 말에 페르젠이 낄낄 웃었다.

"아주 간덩이가 부었구나! 페르젠 장군께 그런 망발을 하다니!"

제국기사가 외쳤다. 유릭은 페르젠이라는 이름을 듣고는 눈을 크게 떴다.

'흥, 아무리 야만인이라도 검귀 페르젠의 위명을 들으면 놀랄 수밖에 없지.'

유릭이 양손으로 페르젠의 어깨를 붙잡았다. 그가 페르젠을 번쩍 들었다.

"이 노인네가 그 유명한 검귀였어? 제기랄. 이름은 수백 번은 들은 것 같네. 그렇게 강하다면서? 다리 위에서 100명을 막아냈다는 게 사실이야?"

페르젠도 노인치고는 몸이 무겁고 단단했다. 유릭은 그런 페르젠을 가뿐히 들어 올렸다.

"우훗훗. 이것 좀 놓게. 나이가 나이인지라 젊은이의 완력을 견디기엔 삭신이 쑤시는군."

"아아, 미안. 나이가 일흔이 넘었다고 했던가? 몸이 여기저기 망가져서 사람 구실 못 할 때이긴 하지."

유릭이 실실 웃으며 페르젠을 내려놓았다.

"칼을 들어라! 야만인! 네 행패는 여기서 끝내주지!"

제국기사는 더 이상 못 봐주겠다는 듯이 외쳤다. 유릭이 어깨를 으쓱하며 제국기사를 바라보다가 페르젠에게 말을 걸었다.

"금방 끝내고 올 테니까. 영감은 거기 꼼짝 말고 있어. 궁금한 게 많으니까."

유릭이 페르젠에게 삿대질하며 말했다. 제국기사라면 하지도 못할 오만불손한 행동이었다.

'페르젠 장군께서는 나이가 먹고 유순해져서 저런 무례한 행동에 신선함을 느끼는 거겠지. 나는 저런 행동을 용서하지 않는다. 목을 부러트려 주지.'

제국기사는 살의를 흘렸다. 날이 없는 칼이라도 충분히 흉기가 된다.

부웅!

유릭이 칼을 허공에 휘둘렀다. 날이 없기에 칼보다는 둔기에 가깝다.

"그거 알아?"

유릭이 문득 제국기사에게 말을 걸었다.

"입 닥쳐라. 다신 지껄이지 못하게 만들어주지."

"참 삭막하네. 하여튼 내가 살던 고향 동네에서는 가끔 개를 잡아먹었는데⋯⋯. 개들은 눈치가 빨라서 대번 눈치채고 짖어대거든. 그럴 때면 이런 몽둥이로 패버리곤 했지."

제국기사는 어이가 없어서 말이 나오지 않았다. 대답 대신에 늑대의 자세를 취했다. 칼과 팔을 중단으로 길게 뻗은 자세다. 팔을 굽히지 않고 직선을 뻗어서 자세를 유지하는 데 힘이 많이 들지만 상대의 공격을 쳐 내고 반격을 하기에 좋은 자세였다.

"그런 의미로 개 패듯 패주지."

유릭이 성큼성큼 다가갔다. 등을 살짝 굽히며 팔을 느슨하게 밑으로 떨어트렸다.

'터무니없이 무방비한 자세로군.'

제국기사가 발가락으로 조금씩 전진했다. 유릭의 자세는 공격도 방어도 한발 늦는다. 그저 몸집을 부풀려 위압감만 있어 보이는 자세였다.

'놈의 첫 공격을 쳐 내고 다리부터 부러트린다.'

두 사람이 서로의 공격 범위 안에 들어섰다. 유릭의 팔이 먼저 움직였다.

카앙!

칼과 칼이 부딪쳤다.

'빨라.'

제국기사는 깜짝 놀랐다. 유릭의 팔이 생각보다 더 빠르게 움직였다. 가속이 붙은 공격이 묵직했다. 자칫하면 공격을 막지 못하고 허용할 뻔했다.

드드득.

유릭이 칼을 맞댄 채로 제국기사를 밀어내며 전진했다. 제국기사의 무릎과 허리가 뒤로 밀려 나갔다. 칼이 갈리는 소리가 난다.

"어, 어?"

유릭은 힘으로 제국기사를 쭈욱 밀었다. 제국기사가 힘에서 밀리며 온몸이 뒤로 꺾였다.

'칼을 떨쳐 낼 수가 없어. 무지막지한 힘이다.'

칼을 빼면 당장 얻어맞는다. 그렇다고 칼을 버릴 수도 없었다.

'발로 걷어차야 돼.'

제국기사가 다리를 움직이기 전에 유릭이 왼손으로 들었다. 유릭은 팔 하나의 완력으로도 제국기사의 양손을 압도

했다.

빠악!

유릭이 주먹 밑면으로 제국기사의 머리통을 가격했다. 어느 정도 힘 조절을 했는데도 제국기사의 상체가 땅바닥까지 휘청거렸다. 핏줄이 터져서 눈이 붉게 변했다.

"크아아앗!"

제국기사가 소리를 지르며 흔들리는 몸을 바로잡았다. 그가 칼을 위로 들어서 유릭을 내려치려 했다. 수많은 연습 끝에 새겨진 반사적 행동이었다.

'근성 있군. 역시 이름값을 한다는 건가?'

유릭이 전력을 다했다면 제국기사는 뇌진탕으로 죽었을 터다. 갑옷을 입지 않은 인간의 육체는 유릭의 힘을 당해내지 못한다.

유릭도 칼을 크게 위로 들었다. 일격에 내리찍을 생각이었다.

"그만."

페르젠의 말을 들은 제국기사가 움찔했다. 전투 본능에 휩싸인 와중에서도 팔을 멈췄다.

"자네는 궁중 의사를 찾아가게. 여긴 전장이 아니야. 목숨을 여기서 버릴 건가?"

페르젠이 제국기사의 어깨를 치며 말했다. 기사가 이를 바득 깨물며 어지러운 머리를 붙잡았다. 그는 페르젠에게 예를 표하며 연병장에서 나갔다.

페르젠은 유릭을 물끄러미 쳐다봤다. 흐릿한 시야 속에서도 유릭의 압도적인 강함이 보였다.

'강해. 지나칠 정도로 강하군.'

야만인인 걸 감안해도 폭발적인 강함이었다. 페르젠은 속으로 감탄했다.

"그럼 이제 통과한 건가? 마상창시합에 나갈 수 있는 거지?"

유릭이 칼을 내려놓으며 물었다. 페르젠이 고개를 끄덕였다.

"통과했군. 축하하네. 과연 갑옷 파괴자 명성에 걸맞은 완력이로군."

페르젠이 유릭을 칭찬했다. 기분이 좋아진 유릭이 어깨를 들썩였다.

"내 칭찬은 고마운데, 영감은 검귀라는 명성에 비해 그렇게 강해 보이지 않는걸? 다리 위에서 100명과 싸웠다는 게 사실이야?"

"100명과 싸웠다기보다는 100명을 막아낸 것이지. 호홋. 50여 년 전의 일이네. 그때의 나는 자네처럼 젊었었지."

페르젠이 웃음을 흘리며 대답했다.

"그렇게 강하다면 나랑 한번 붙어보자고. 나도 싸움에서 져본 적은 없어."

유릭이 칼을 흔들며 말했다. 페르젠이 고개를 흔들었다.

"육체의 전성기인 자네와 노인에 불과한 내가 싸운다면 결과는 뻔하지. 나는 자네를 이기지 못해. 나는 누구와도 대련을 하지 않네. 나는 전설이자 상징이니까. 패배를 해선 안 되지."

"그런 식으로 빠져나가는 거야? 엉?"

"겸손함을 배우게, 유릭. 나는 비록 자네를 이렇게 봐주지만……."

페르젠이 눈을 서늘하게 떴다. 노인의 눈동자가 그제야 자세히 보였다. 이물질이 낀 듯이 하얗게 혼탁한 눈동자였다. 백내장에 걸린 눈이다.

"……황궁의 법도는 엄격하며 고삐 풀린 망아지는 어느 날 갑자기 도살되곤 하지."

"충고 고마워, 영감."

유릭이 웃었다. 페르젠도 언제 살벌했냐는 듯이 특유의 웃음소리를 흘렸다.

"물론 젊은이에게 노인의 말은 공허한 메아리지. 뭐든 직접 경험을 해봐야 깨닫는 법. 내가 무수한 실수와 실패를 겪고 깨달은 것처럼 말이네."

"전사에게 실패란 죽음이야. 두 번의 기회는 없어. 그러니까 항상 당당하게 고개를 들고 살아야 한다고."

유릭이 칼을 위로 치켜들며 말했다.

"그것 또한 삶의 방식이네, 야만인 유릭. 마상창시합에서의 무운을 빌지."

페르젠이 등을 돌리며 유릭에게서 멀어졌다.

"잠깐만, 아직 묻고 싶은 게 많다고."

유릭이 페르젠을 붙잡으려고 했다. 그의 무용담은 여러 사람 입에서 들려왔다. 그게 전부 사실인지 궁금했다.

페르젠이 몸을 살짝 비틀며 유릭의 팔을 피했다.

"오만불손한 태도로군. 자네는 항상 남들보다 주목을 받았겠지. 힘도 세고, 싸움도 잘하니까. 원하는 것도 쉽게 쉽게 얻어왔을 거야. 자신의 질문에 대답해 주지 않는 사람이 없었겠지. 대답하지 않으면 주먹으로 대답을 얻어냈을 테니까. 그런 자네의 삶이 내 백안에는 빤히 보이네. 내가 왜 자네의 질문과 궁금증을 해결해 줘야 하지?"

페르젠이 뒤로 껑충껑충 뛰며 말했다.

"이 영감탱이가……."

유릭은 정곡이 찔린 것 같았다. 발가벗겨진 기분이었다.

"내가 어떻게 다리 위에서 100명을 상대했을까? 정말 홀로 적진에 돌격해 적장의 목을 베고 돌아왔을까? 과연 혼자서 성을 함락시키는 게 가능할까? 당연히 궁금하겠지. 명성이란 그런 거니까. 자네가 갑옷 파괴자라는 명성을 얻은 것처럼. '과연 진짜로 해낸 걸까?'라고 궁금하게 만들지. 물론 나는 대답해 주지 않을 걸세. 우훗훗!"

페르젠이 도망가듯 사라졌다. 유릭은 뒷맛이 썼다.

"뭐 저런 영감이 다 있어?"

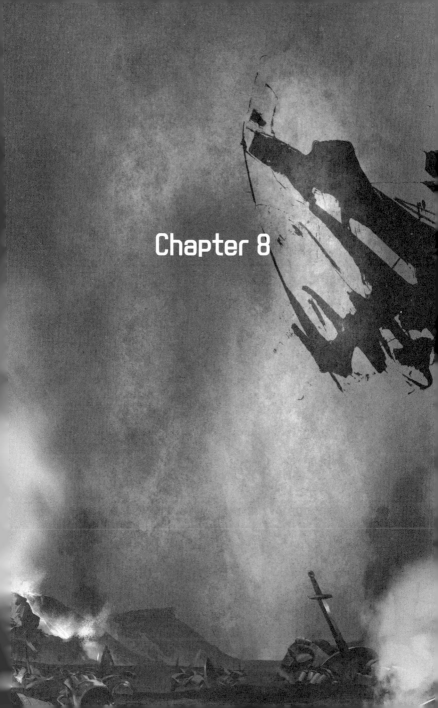

Chapter 8

우여곡절 끝에 유릭은 마상창시합 참가권을 얻어냈다. 그 소식을 들은 필리온이 흡족해하며 갑옷을 한 벌 맞춰야 한다고 말했다.

"판금갑옷?"

유릭이 그렇게 말하며 눈을 반짝였다.

"아니, 끽해야 사슬갑옷이네."

필리온이 단번에 유릭의 기대를 꺾었다.

유릭과 필리온은 황궁 바깥으로 나왔다. 그들은 대장간들이 줄지어 있는 거리로 향했다. 무구를 비롯해 온갖 철제 도구를 만드는 공방들이 보였다.

"저번에 겪어봤지만, 자네는 보통 사람 체격을 기준으로 만든 갑옷은 입지 못해."

쇠 냄새와 불 냄새가 뒤섞인 대장간들이 보였다. 제국 황실 공방이 아닌 민간 대장간들이었다. 제국강철을 다루는 대장간은 일반인이 들어가지 못한다.

"이 덩치가 입을 갑옷 말이오?"

대장장이가 유릭을 한 바퀴 둘러보며 말했다.

"크고 멋진 갑옷으로 달라고."

유릭이 잔뜩 기대하며 말했다. 대장장이가 조금 곤란하다는 얼굴로 말했다.

"흐음. 우리 공방에서는 조금 힘들 것 같소만."

다른 공방에서도 사정은 마찬가지였다.

"당장 철이 부족하오."

"체형이 희한하군. 단순히 덩치가 문제가 아니라, 비대한 근육들이 문제야."

"만들 순 있지만, 시간이 문제지."

대장장이들이 연거푸 거절했다. 필리온의 표정이 점점 어두워졌다.

'갑옷도 입지 않고 마상창시합에 나가는 건 말도 안 되는 짓이야. 애초에 참가조차 시켜주지 않을 거라고.'

전투마와 기사의 복장. 마상창시합에 참가 조건이다. 둘 중 하나라도 없으면 대회에 나가지 못한다. 전투마는 킬리오스가 있지만 철제갑옷은 유릭의 체격 때문에 빌리기도 힘들었다.

'왕자님의 체면도 말도 못 할 정도로 구겨지겠지. 왕자님의 후원을 받은 자가 갑옷이 없어서 출전을 못 하다니!'

필리온이 초조한 표정으로 거리를 뒤졌다.

"여긴 세계 제일의 대장장이들이 모인 곳이거늘. 이토록 실력자가 없나!"

필리온이 화가 난 나머지 대장장이 앞에서 말했다. 그답지 않은 경솔한 행동이었다.

"진짜 실력자는 제국 황실 공방에서 일하고 있잖소."

대장장이가 퉁명스레 대답했다. 제국 황실 공방에서는 모든 대장장이가 꿈꾸는 제국강철을 마음껏 만질 수 있다. 소문난 대장장이들은 전부 그곳에 있었다.

"우리들은 그 밑에 있는 이류들이오. 인정할 건 해야지."

대장장이가 체념하듯 말했다.

유릭이 덩치가 커서 갑옷을 못 구하고 있다는 소문이 금방 거리를 돌았다. 그 소문을 들은 대장장이 하나가 찾아왔다.

"사슬갑옷 세 벌 값을 지불하면 해주겠소."

"세 벌? 그 돈이면 판금갑옷을 사고 말지!"

필리온이 인상을 찌푸렸다. 사슬갑옷은 품질에 따라 다르지만 대략 2천만 씰에서 5천만 씰가량이다. 세 벌이면 싸구려라도 판금갑옷에 준하는 가격이다.

"그 덩치가 입을 판금갑옷도 돈을 몇 배로 더 받는 건 마찬가지일 거요. 기존의 도안으로는 딱 맞는 갑옷을 구하지 못할 거고, 덩치만큼 철도 더 들어가겠지. 급하게 갑옷을 구하는 것 같은데, 하멜 전체를 뒤져도 기일을 맞출 수 있는 대장장이는 나밖에 없을 거요."

대장장이가 호언장담을 했다.

"자네는 어떻게 기일을 맞추겠다는 건가?"

"만들어 둔 사슬갑옷 두 벌을 분해해서 새로 끼워 맞출 생각이오. 그 방법이라면 저 덩치가 입을 만한 구조가 얼추 되겠지. 세 벌 값을 받는 건 공임비요."

대장장이의 말은 설득력이 있었다. 필리온에겐 다른 방법이 없었다. 갑옷을 구하지 못하면 모든 일이 허사다.

필리온은 대장장이에게 돈을 지불하고 초조한 마음으로 기다렸다. 유릭을 훈련시키면서 보내는 하루하루가 초조했다.

"필리온 경, 마상창시합 준비는 어때?"

파헬이 이렇게 물으면 필리온은 억지로 웃었다.

"잘되어 갑니다. 문제없습니다, 왕자님."

필리온은 그렇게 대답했지만 속이 검게 타들어 갔다.

마상창시합 열리기 바로 전날에 사슬갑옷 한 벌이 제비궁에 도착했다.

까랑, 까랑.

사슬들이 부딪치며 소리가 났다. 기름을 먹인 사슬들이 반짝였다.

"엇차."

유릭이 필리온의 도움을 받아서 사슬갑옷을 입었다. 허리띠를 조여서 사슬의 무게를 어깨와 골반으로 분배했다. 사슬갑옷을 입기 전에는 가죽옷을 미리 입어두기에 피부와 사슬이 직접 닿지 않았다.

"후우."

유릭이 심호흡을 했다. 그는 마지막으로 물방울 모양 투구를 쓰고 면갑을 내렸다. 시야가 극도로 좁아졌다.

'쇠 냄새.'

숨을 쉬면 쇠 냄새가 닿았다. 낯선 느낌이었다. 갑갑하고도 무거웠다. 하지만 기묘한 안정감이 등골을 스쳤다. 썩 나쁜 기분은 아니었다.

달그락.

움직일 때마다 사슬 소리가 났다. 사슬갑옷 위에는 망토와 겉옷을 걸친다. 유릭이 갑옷 위에 걸칠 옷은 포를카나 왕국의 문장이 있는 천이었다.

유릭은 눈을 들어서 필리온을 바라봤다. 필리온의 안색이 좋지 않았다.

'이거 큰일이군.'

필리온이 유릭을 차마 정면으로 보지 못했다.

'사슬 짜임새가 촘촘하지 못한 데다가 고리 하나하나는 얇아. 철의 강도도 약해 보여. 싸구려 중의 싸구려다. 방어는커녕 자칫하면 깨진 사슬이 살을 파고들지도 몰라. 이런 걸 입혀서 마상창시합에 보낼 순 없어.'

필리온은 상상했다. 행여나 유릭이 마상창을 막지 못하고 정통으로 맞았을 경우를 생각했다.

시합용 마상창은 끝이 뭉툭하다. 하지만 말의 힘이 실린 일격은 보통이 아니다. 강도가 약한 사슬갑옷이라면 금방 고리들이 끊어지고 깨질 것이며, 마상창에 밀린 깨진 고리들이 가죽을 뚫고 살까지 깊게 파고들 터다.

'싸구려 갑옷으로 나가기에는 너무나 위험하다.'

필리온은 불길했다. 그가 입을 달싹였다.

'뻔한 위험을 보고도 왕자님을 위해서 아무 말도 하지 않을 것이냐……'

필리온은 파헬을 위해서라면 뭐든 했다.

'하지만 유릭이 왕자님의 부탁 때문에 죽는다면 왕자님도 같이 무너질지 몰라.'

유릭이 투구 너머로 필리온을 응시했다. 필리온의 고뇌가 느껴졌다.

철렁.

유릭이 자신의 사슬갑옷을 바라봤다. 머리가 차갑게 식었다. 용병들이 입던 사슬갑옷들을 생각했다.

'용병들 것보다 사슬 고리가 넓고 얇아.'

용병들은 전투를 업으로 삼는 직업군인들이다. 그들의 장비는 허술하지 않다. 어지간한 상비군과 비견될 정도다.

유릭은 우수한 전사이며 통찰력이 뛰어난 사내다. 좋은 무구와 나쁜 무구를 금방 구분해 낸다. 지금 그가 입은 갑옷은 나쁜 무구였다.

"……유릭, 잠깐 할 말이 있네."

필리온이 결심했다. 그는 유릭을 그냥 보낼 순 없다. 유릭은 지금까지 파헬을 위해 많은 걸 해냈다. 그런 그를 위험에 방치할 순 없었다.

"쉿. 괜찮아. 날 믿어, 필리온."

유릭이 면갑 입술 부분에 검지를 가져가 댔다. 그가 고개를 저으며 필리온의 말을 막고 엄지를 치켜들며 말을 이었다.

"멋진 갑옷이야. 잘 쓸게. 우승으로 보답하지."

유릭이 망토로 갑옷을 가렸다. 흰색 바탕에 청어와 낚싯배 자수가 놓인 망토가 펄럭였다. 투구 속의 눈동자가 황금색으로 빛났다.

야만인 유릭. 하지만 지금만큼은 포를카나를 대표하는 기사였다. 내일 정오의 종소리가 울리면 유릭은 사람들 앞에 서 있을 것이다.

바깥에서 사람들의 목소리가 들린다. 32강 시합은 인기가 많지 않다. 하지만 수도의 규모를 생각하면 어지간한 도시의 검투 경기만 한 인원이 모여 있었다.

킬리오스가 사람들의 환호성에 흥분했다.

"킬리오스, 진정해. 넌 나처럼 근성 있고 용감한 말이야. 나는 너를 알아."

유릭이 말했다. 그는 사슬갑옷을 입고 있다. 목부터 이어진 사슬갑옷은 상체로는 손끝, 하체로는 엉덩이까지 감싸고 있다. 무릎 밑은 철제 정강이받이로 보호했다.

'싸구려이긴 하지만 형태는 갖추고 있어. 빈틈이 없군.'

유릭은 전신철제갑옷을 처음 입어봤으나 생각보다 답답하지 않았다. 묘한 안정감 때문에 오히려 생각이 차분해졌다.

'얕은 공격 따윈 허용조차 하지 않는 철제갑옷.'

유릭은 부족의 무기를 떠올렸다. 그런 조잡한 철제 무기로는 갑옷을 뚫지 못한다. 갑옷을 치다가 오히려 무기가 깨지고 휘어버릴 터다.

갑옷의 빈틈은 찾기 힘들고, 그 부분을 노리기란 더욱 힘들었다. 하물며 판금갑옷은 사슬갑옷보다 더 뛰어났다.

'끔찍하군. 창칼이 통하지 않은 강철 기사…….'

유릭은 판금갑옷을 입은 기사들이 줄지어 몰려오는 걸 상상했다. 그런 군대를 막을 방법이 없었다. 첨단 무구를 원동력으로 제국은 세계를 제패했다. 50여 년이 지난 아직도 제국 강철과 판금갑옷은 제국 황실 공방의 군사기밀이다.

스륵.

유릭이 겉옷의 매무새를 가다듬었다. 가문의 문양이나 주군의 문양이 새겨진 겉옷과 망토다. 방패에도 문양이 새겨져 있는데, 이런 표식들을 통해 기사들은 자신의 소속을 나타낸다.

"나는 포를카나의 기사인가. 하하."

유릭이 실없는 웃음을 흘렸다. 그가 방패를 가볍게 두드렸다. 나무로 형태를 만들어 그 위에 가죽을 덧씌우고, 테두리는 철로 마감해서 튼튼했다. 엊그제 염료를 발라서 청어와 낚싯배 문양이 방패 표면에 선명했다.

"살다 살다 기사 노릇까지 해보다니. 좋은 경험이군!"

유릭이 킬리오스의 옆구리를 찼다. 그가 통로를 지나 경기장으로 나갔다.

"와아아아아!"

환호성이 들렸다. 사람들이 유릭을 보고 있었다. 유릭의 시합은 다른 32강보다 사람이 많은 편이었다. 유릭의 명성이 근래 퍼졌기 때문이다.

"갑옷 파괴자다!"

사람들이 외쳤다.

'맨손으로 갑옷을 부순 사내.'

사람들은 자세한 내용은 몰랐다. 그저 갑옷을 맨손으로 부쉈다는 것만이 중요했다.

'얼마나 무시무시한 괴력을 가졌길래 갑옷을 부순 걸까?'

유릭은 투구가리개 사이로 사람들을 바라봤다.

"명성이란 이런 거로군."

유릭은 그 말의 의미를 어렴풋이 이해했다. 그는 두 번의 명성을 얻었다. 은사자 용병단을 막아냈을 때, 그리고 면갑을 무릎으로 부쉈을 때.

'명성은 유용해.'

문명세계는 넓다. 명성은 사람보다 먼저 도착한다. 그 사람을 판단하는 기준이 된다.

'나도 부족에서 30명을 베고 명성을 얻었지.'

명성이 쌓이고 쌓여서 그 실체조차 불투명해지면 전설이 된다.

'검귀 페르젠.'

문명세계의 사람이라면 누구나 그 이름을 안다. 유릭조차 수어 번을 넘게 들었다.

"대단하군."

유릭이 중얼거렸다. 투구 속에서 목소리가 울렸다.

"자신의 이름만 말해도 세상 사람들이 모두 알아본다니."

유릭이 마상창시합에 참가한 것은 타의였다. 오로지 파헬을 위해서였다.

"멋지게 이기자, 킬리오스."

지금 싸우는 건 유릭의 의지였다. 그는 검귀 페르젠처럼 되고 싶었다. 전사의 명성을 쌓아 세상의 모두가 알아보는 그런 남자.

"갑옷 파괴자? 맨손으로 갑옷을 부숴? 그런 허풍을 믿는 병신들도 있나?"

유릭의 시합 상대인 바로프는 기분이 좋지 않았다. 이번 시합의 관심이 모두 유릭에게 쏠렸다. 바로프의 이름을 외치는 관중은 없었다.

"맨손으로 어떻게 갑옷을 부숩니까? 말도 안 되는 소립죠."

바로프의 종자 소년이 아부했다. 바로프는 실력도 경력도 충분한 기사였다. 그는 일개 귀족의 기사로 만족하지 못했다. 그는 야망이 있는 남자였고, 제국강철 기사가 되고 싶었다.

하멜의 마상창시합에서 우승하면 황제가 우승을 직접 축하한다. 우승자는 대부분 강철 기사단 소속이 된다.

'제국강철 기사단.'

모든 기사의 꿈이다. 제국강철 기사단은 세계 최강의 전투

집단이다. 강철이라는 단어만으로 기사의 가슴을 울렸다.

"갑옷 파괴자고 자시고, 오늘 내 명성을 위한 제물이다."

바로프가 마상창을 들며 말했다. 12척이 넘는 기다란 창이다. 겨드랑이에 바짝 고정할 수 있도록 만든 마상창은 중장기병의 상징이다. 유명한 기사들은 마상창으로 한 번에 두 명이나 세 명을 꿰뚫었다는 일화도 있었다.

"무운을 빕니다, 바로프 경."

종자가 말했다. 종자는 기사에게 헌신적이다. 기사의 출세가 종자의 출세로 이어진다.

"포도주를 잔에 지금 따라놓아라. 향이 날아가기 전에 돌아오지. 이랴!"

바로프가 멋있게 말했다. 그가 애마의 옆구리를 걷어차며 시합장으로 나갔다.

"우오아아아아!"

바로프가 소리를 지르며 창을 높게 들었다. 그는 반대편 입구에서 나온 갑옷 파괴자 유릭을 바라봤다.

'덩치가 크군. 역시 힘이 세 보여.'

바로프가 투구가리개를 내리며 생각했다.

갑옷을 입으면 덩치가 더 크게 보인다. 그걸 감안해도 유릭의 덩치는 보통 이상이었다. 덕분에 움직일 때마다 동작이 커서 상당히 화려했다. 겉옷과 망토가 유릭을 따라 흔들렸다.

'힘으로는 내가 밀리겠군. 그렇다면 기술로 제압한다.'

바로프도 유릭의 출신을 들었다. 문명인이 아닌 야만인이다. 제대로 된 기사의 기술을 알 리가 없다.

'아무리 세상이 좋아졌어도, 야만인이 기사라니 어불성설이지. 태양전사단이라면 또 모를까!'

바로프는 그렇게 생각하면서도 고개를 까딱이며 유릭에게 인사했다. 유릭도 똑같은 태도로 인사를 받았다.

바로프와 유릭이 출발선에 서며 서로를 응시했다.

"저 꼴을 봐. 유릭 맞아?"

"등빨을 보니 맞긴 맞네."

'유릭의 형제들' 용병들도 경기장에 열댓 명 있었다. 그들은 유릭이 마상창시합에 참가한다는 소식을 듣고 왔다.

"야만인 기사라니. 얼토당토않은 놀이로군."

도노반이 힘겹게 자리에 앉으며 말했다. 아직도 부상이 다 낫지 않았다. 걸어 다니는 것도 용했다.

"놀이라기엔 본격적이잖아. 갑옷도 제대로 입었다고. 심지어 포를카나 왕가의 문장을 짊어지고 있어."

바크만이 흥분했다.

'유릭이 출세한다!'

유릭의 출세는 곧 바크만의 출세다. 바크만이 싱글벙글 웃었다.

"정말로 유릭이 왕가의 기사가 되는 건가?"

"그럴지도 모르지. 그 도련님과 절친한 사이잖아. 잠자리에서 같이 뒹군다 해도 믿을걸."

용병들이 낄낄 웃었다. 그들은 군것질거리를 으적으적 씹어 먹으며 마상창시합을 구경했다. 그들의 얼굴에는 그늘이 하나도 없었다.

'유릭이 질 리가 없지.'

확고한 믿음이 있었다. 그들은 적게는 반년, 길게는 일 년을 유릭과 함께했다.

'유릭이 어떤 인간인지는 우리가 잘 알아.'

유릭의 형제들은 믿어 의심치 않았다.

'괴물 중의 괴물. 전사 중의 전사.'

말도 안 되는 일을 밥 먹듯이 해치우는 인간. 야만인이 아니라 문명인이었다면 단번에 명성이 하늘까지 치솟았을 터다.

'이제 그런 유릭이 사람들 눈에 띄기 시작했어. 유릭의 가치를 인정하지 않을 수가 없겠지.'

바크만은 자신의 심장이 뛰는 걸 느꼈다. 그는 검투단 시절에 유릭이 처음 싸우는 걸 봤을 때를 떠올렸다. 범상치 않은 힘과 전투 기술. 당시의 바크만은 단번에 유릭이란 인간에 빠져들었다.

'나는 네가 크게 될 줄 알았어. 이렇게 큰 놈이 될 줄은 몰랐지만, 네가 대단한 놈이라는 걸 알았지.'

나팔수의 가슴이 부풀었다.

뿌우우우우!

시작을 알리는 나팔이 울렸다.

바로프와 유릭이 서로의 말을 몰았다. 바로프가 유릭을 쳐다봤다.

'첫 번째는 탐색.'

바로프는 방어에 치중하며 창으로 상대를 두드리는 정도로 끝낼 생각이었다. 기마전은 세 번의 기회가 있다. 처음부터 공격적으로 나서며 위험을 무릅쓸 필요는 없었다.

따각.

말에 가속이 붙는다. 킬리오스가 김을 내뿜으며 달려 나갔다.

말은 원래 겁이 많은 초식동물이다. 전투마는 그런 본능을 최대한 억누르고, 기수의 명령을 따른다. 개량을 거듭한 전투마들은 인간 친화적이고 영리하며 용감하다.

'킬리오스는 분명 좋은 혈통일 거야.'

파헬이 그렇게 말했었다. 킬리오스는 전투마의 자질이 충분했다. 힘이 세고 용감하다.

유릭은 킬리오스를 좋아했다. 자신과 닮았다는 생각이 들었다. 처음으로 둘이서 함께 싸운다.

'내 기량을 보여주지. 잘 봐라, 킬리오스.'

유릭이 마상창을 겨드랑이에 꽉 붙였다. 필리온에게 속성으로나마 교육을 받았다. 유릭은 필리온의 가르침을 하나하나 떠올렸다.

'내 몸과 마상창, 그리고 말이 한 몸이 된 듯이.'

달려가는 힘을 모아서 창에 모조리 꽂아 넣는다.

제국의 역사 오십 년. 기록의 역사 천 년. 신화까지 거슬러 올라간 인류의 기원 오천 년.

인간은 싸우는 동물이다. 그들은 싸우고 또 싸웠다. 기술의 발전은 전쟁과 함께했다. 지능은 더 좋은 전투 병기를 만드는 데 썼다. 개량하고 또 개량했다.

어떻게 싸울 것인가?

인간은 궁리했다.

그 투쟁의 역사의 첨단이 현재. 그리고 현존하는 최강의 전투 병기가 '기사'다.

'잔챙이 상대로 두 번은 필요 없어.'

유릭의 눈동자가 커졌다. 사자처럼 동공이 번들거렸다.

따각.

킬리오스의 말발굽 소리가 들린다. 편자가 땅을 박찰 때마다 그 힘이 유릭의 등골까지 차올라 그의 몸을 앞으로 밀어냈다.

"오, 오오오!"

저도 모르게 소리가 나왔다. 혼자서 싸울 때와 다르다.

'킬리오스.'

말이 자신의 밑에서 떠받쳐 주고 있다. 킬리오스의 힘이 유릭의 몸에 실렸다.

'함께 싸운다.'

킬리오스의 거친 숨이 적을 무찌르라고 말하는 듯했다. 인마일체가 된 감각. 기사만이 느끼는 고양감. 눈앞의 어떤 적도 해칠 수 있다는 자신감이 들었다.

"얼마든지 박차라, 킬리오스. 그 힘을 모조리 써주지."

유릭은 킬리오스가 쏟아내는 힘을 모조리 창에 실었다. 상체를 기울이며 당당하게 적과 대면했다. 피한다는 행동 따윈 하지 않았다. 스스로 강철이 된 것처럼, 적과 부딪칠 준비를 했다.

'역시 기술이 없는 정직한 공격이다.'

바로프가 비웃음을 흘리며 방패를 비스듬히 올렸다.

카앙!

바로프는 방패를 들어서 유릭의 공격을 받아냈다. 시합용 마상창의 끝이 부서지며 나무 파편이 사방으로 흩어졌다.

막아냈다고 생각했다. 분명 막아내긴 했다.

"컥."

바로프가 신음했다. 시합용 마상창은 일정 이상의 충격을 받으면 부서지면서 충격이 줄어든다.

부웅.

바로프의 시야가 빙글빙글 돌았다. 그가 낙마했다.

'막았는데?'

시합용 마상창인데도 유릭의 돌격력은 어마어마했다. 충격이 줄고 줄었는데도 사람 하나를 통째로 날려 버렸다. 유릭의 완력과 체격은 마상 돌격에서도 큰 장점이었다. 그는 말의 힘을 온전히 사용했다.

캉!

바로프가 재빨리 칼과 방패를 들었다. 그는 한 바퀴 돌고 다시 달려오는 유릭을 바라봤다.

"아, 아아."

바로프가 말을 타고 달려오는 유릭을 쳐다봤다. 유릭을 말고삐를 잡은 채로 몸을 대각선으로 기울이며 섬뜩하게 달려왔다.

'죽는다.'

시합이라는 생각이 들지 않았다. 진짜 전장에 있는 기분이었다. 달려오는 유릭의 기세는 전장 냄새를 품고 있었다.

덜컹.

바로프가 당장 칼과 방패를 땅바닥에 내려놓으며 기권했다. 유릭의 칼이 바로프의 투구 위를 스쳐 지나갔다.

찌이잉.

바로프의 투구가 떨리면서 오싹함이 등골을 지나갔다. 기사 서임을 받은 이후로 오줌을 지릴 뻔한 적은 처음이었다. 처음 전장에 나갔을 때도 이 정도는 아니었다.

푸르륵.

유릭이 말을 몰아서 바로프 앞으로 다가왔다. 투구를 벗으며 패배자를 향해 고개를 비스듬하게 숙였다.

"무운을 비오, 유릭."

바로프도 투구가리개를 젖히며 똑같이 예를 표했다.

"와아아아아!"

일합에 끝난 시합이지만 환호성은 컸다. 유릭은 다른 기사들보다 컸다. 망설임 없는 커다란 동작에서 나오는 압박감은 멀리서도 충분히 느껴졌다.

'역시 해볼 만해.'

필리온이 주먹을 불끈 쥐었다. 기마 돌격은 자세도 자세지만, 마음가짐도 중요했다. 찰나의 망설임과 두려움이 자세를 망친다. 부동의 용기를 가지고 자신을 믿으며 창끝을 당당하게 세우는 자가 이긴다.

"……최고군."

유릭이 투구를 벗으며 중얼거렸다. 땀이 비 오듯 흘렀지만 표정만큼은 방금 씻은 사람처럼 상쾌했다. 땀방울조차 빛나는 듯했다.

기분이 좋았다. 땅과 말, 자신이 하나가 되어 모든 걸 쏟아냈다.

'큰일인걸. 이거 진짜 재밌잖아.'

"갑옷 파괴자 유릭? 어디서 굴러먹다 온 개뼈다귀야."

그 말을 했던 마상창시합 참가자는 갈비뼈가 부러져서 사경을 헤맸다. 유릭은 32강과 16강전을 전부 일합으로 끝냈다.

펄럭.

마상창시합은 좋은 볼거리다. 유릭이 킬리오스를 타고 움직일 때마다 옷자락이 길게 나부꼈다. 갑옷을 입고 있기에 야만인이라는 느낌이 전혀 들지 않았다. 오히려 기사만큼 세련된 승마 솜씨에 사람들이 열광했다.

'파헬에게 열심히 배운 보람이 있군.'

파헬의 승마 솜씨는 기사들보다도 좋았다. 유릭은 파헬에게 승마를 배웠으며, 킬리오스와의 교감도 남달리 높았다.

'킬리오스가 내 생각을 읽듯이 움직여. 내 다리가 킬리오스

인 것 같아.'

마상창시합을 두 번 치르면서 킬리오스와 교감이 더욱 깊어졌다. 승리를 맛본 건 유릭만이 아니었다. 말은 똑똑한 동물이다. 킬리오스도 승리에 취해 있었다. 승리하고 돌아온 날이면 신선한 채소가 뒤섞인 여물을 먹었다.

"유우우우릭!"

관중들이 그의 이름을 외쳤다.

"훌륭했네, 유릭."

필리온이 돌아오는 유릭을 보며 말했다. 그는 종자처럼 유릭이 갑옷을 벗는 걸 도왔다.

"전부 겁쟁이들이야! 창에 맞는 걸 두려워해. 그렇게 주춤거리니까 힘이 안 실리는 거지. 말도 주인이 겁을 먹은 걸 눈치챈다고."

유릭이 흥분하며 말했다. 아직도 짜릿함이 가시지 않았다. 어깨가 크게 들썩이며 눈동자는 있지도 않은 적을 좇고 있었다.

"용기는 기사의 미덕이지만, 적당한 두려움이 몸을 사리는 비결이지. 용감하다는 것만으로는 전장을 헤쳐 나가지 못하네."

필리온은 유릭이 걱정됐다.

'용감해. 그게 문제야. 사릴 줄 몰라.'

야만인들의 특징이기도 했다. 죽음을 불사하는 용맹함. 듣기는 좋으나 죽어버리면 만용일 뿐이다.

'적의 창을 맞아도 좋다는 식으로 돌격하는 건 분명 문제가 있어.'

하지만 필리온은 유릭에게 그 말을 하지 않았다. 유릭의 말대로 마상창시합은 성신 상태가 중요하다. 괜히 잡스러운 소리를 해서 잡념을 심어주기보다, 지금처럼 공격에 집중하는 상태가 나았다.

'잡념이 끼면 최후의 순간에 창끝이 흔들린다.'

필리온은 유릭을 칭찬하며 그의 갑옷을 벗겼다.

철컹.

사람을 시켜서 갑옷을 제작한 대장장이를 찾아봤지만 대도시에서 사람을 찾기란 어려웠다. 아마 공방조차 따로 없는 대장장이 같았다. 유릭의 갑옷은 어딘가의 공방을 빌려서 급조한 사슬갑옷이다.

"내일부터는 8강인가? 이제 몇 번 더 이기면 되는 거야? 하나, 둘, 셋? 세 번만 더 이기면 우승이잖아."

손가락을 접던 유릭이 웃었다.

"8강부터는 실력이 확실히 좋을 걸세. 실력도 실력이지만 말과 무구도 훨씬 좋은 걸 쓰지."

"킬리오스도 좋은 말이야."

"좋은 말이지. 하지만 훈련받은 전투마는 아니네."

마상창시합으로 수도 하멜은 달아올랐다. 어딜 가든 마상창시합에 대한 이야기로 한창이었다. 8강까지 참가자가 좁아지자 그들의 이름을 모르는 사람이 드물었다.

8강부터는 고위 귀족들도 주목한다. 우승자는 아닐지라도 귀족들은 실력 있는 기사를 가신으로 두고 싶어 했다.

마상창시합 경기장에는 귀족들을 위한 좌석이 따로 있었다. 그중에서도 가장 높은 자리는 병사들이 좌우를 둘러서 엄격하게 자리를 지켰다.

"오늘은 열기가 뜨겁군."

사내가 말했다. 커다란 부채를 든 시녀들이 쪼르르 달려오더니 팔을 움직였다. 부채 바람이 사내의 살을 쓸어갔다. 주변의 시종들은 천을 겹쳐 만든 차양막을 들어서 그늘을 만들었다.

뜨겁다는 말 한마디로 사내의 권력이 엿보였다. 사람들이 알아서 움직였다.

"홋홋. 저 밑에 갑옷을 뒤집어쓴 자들은 찜통일 겁니다."

"고작 8강 시합에 나를 부르다니. 노야가 봐둔 인물이라도 있는 건가?"

사내가 부드럽게 말했다. 그가 노야라고 칭한 사람은 검귀 페르젠이었다.

사내와 페르젠의 시선이 경기장 아래로 향했다. 갑옷 위에 망토나 겉옷을 걸치는 건 단순히 미학적 이유만 있는 게 아니었다. 겉옷과 망토가 태양빛을 차단해서 갑옷이 달아오르는 걸 방지했다.

"재미있는 놈이 있어서 말입니다."

페르젠이 백안을 가늘게 떴다. 백내장이 많이 진행되어 시력 손상이 컸다.

"노야, 그렇게 세상을 오래 살았는데도 아직 재미를 느끼는가 보군."

"세상의 모든 쾌락을 즐기시는 분도 아직 재미를 느끼지 않습니까. 홋홋."

사내와 페르젠은 격 없이 말했다.

그늘에 가려진 사내의 나이는 서른 정도. 입가만 봐도 여유가 흘러넘쳤다. 사내의 팔뚝에는 핏줄이 도드라진 근육이 있었고 굳은살을 봐선 칼도 제법 잡은 듯했다.

"쾌락은 무슨."

사내가 웃으며 시녀 하나를 끌어당겼다. 가볍게 시녀의 입을 탐하곤 엉덩이를 매만졌다. 그런데도 시녀는 반항 한 번 하지 않았다.

"저기 나오는군요."

페르젠의 말에 사내가 시녀를 거칠게 밀쳤다. 넘어진 시녀는 벌떡 일어나며 자기 자리로 돌아갔다.

"그 눈으로 용케도 보는군."

"아직 윤곽 정돈 보입니다."

"수술이라도 받는 게 어때?"

"저를 죽이시려고 하는군요."

페르젠이 껄껄 웃으며 자리에 앉았다. 시력에는 별다른 미련이 없었다. 이미 살 만큼 살았다. 전장에서 평생 굴렀는데도 아직 살아 있었다. 누군가는 페르젠이 태양신의 축복을 받았다고 말했다.

"키도 크고, 꽤나 덩치가 있군. 갑옷 너머로도 기세가 느껴져. 저 문양은?"

사내가 경기장을 보며 말했다. 갑옷 파괴자로 유명한 유릭이 나왔다.

"청어와 낚싯배. 포를카나 왕국의 문양입니다."

옆에 있던 서기관이 말했다.

"포를카나. 그 변방의 소국이 여기까지 기사를 내보내다니 별일이군. 왕족 후원을 받은 기사라면 강철 기사단 자리를 노리는 것도 아닐 텐데 말이지."

사내가 턱을 기울였다. 그의 호기심이 유릭을 향했다.

"저자는 야만인입니다. 홋홋. 재밌지 않습니까? 왕족 후원을 받아 마상창시합에 나오는 자가 야만인이라니! 더군다나 후원자인 바르카 아누 포를카나 왕자와 친구 사이라는 소문이 있지요."

사내가 상체를 앞으로 숙이며 눈을 빛냈다. 그가 입술을 비틀었다.

"호오오. 왕족과 야만인이 친구라? 사실이라면 재밌는 조합이로군. 노야가 보기에 저 야만인 기사는 어떤 것 같지? 재미가 있어도 실력이 없다면 나를 부를 리가 없지."

"북정기에 나오는 북부 용자 미요른을 아실 겁니다. 북부의 왕을 자칭하며 제국령까지 남하했던 자죠."

제국은 삼십여 년 전에 남부와 북부를 정벌했다. 선대 황제의 업적이었다. 사람들은 '대정복'이라 부르며 그 업적을 칭송했다. 선대 황제는 그걸로 만족하지 못하고 십여 년 전에 야만인 잔당 토벌을 하다가 뜻을 이루지 못하고 죽었다.

선대 황제가 수기로 남긴 북정기와 남정기를 읽어보지 않은 귀족은 드물다.

"알다마다, 노야가 직접 군세를 이끌고 미요른의 목을 베었지. 이제 와서 칭찬해 달라고 하는 건가?"

"제가 보기에 저자의 무력은 미요른과 동급 혹은 그 이상입니다."

페르젠이 말했다. 사내가 낮은 감탄사를 흘렸다.

"아주 극찬을 하는군. 눈이 혼탁해진 만큼 보는 눈이 없어진 건지 아닌지는 곧 알게 되겠지."

사내가 상체를 앞으로 당기며 경기장을 내려다봤다. 두 명의 기사가 마주했다.

유릭은 킬리오스의 숨을 느꼈다. 킬리오스와 자신의 호흡이 서서히 맞아떨어지며 하나가 되었다. 짜릿한 무언가가 머릿속에서 터졌다. 갑옷의 무게는 느껴지지 않았다. 창은 바람처럼 가볍다.

'뭐든 할 수 있을 것 같다.'

전의가 온몸을 불사르는데도 머릿속은 맑았다. 유릭은 종종 이런 경험을 했다. 싸움을 앞두고 이런 감각이 치솟는 날에는 적들의 무기조차 자신을 피해 가는 듯한 착각이 들었다.

"흑기사로 유명한 자부에르!"

사람들이 유릭과 더불어 상대 기사의 이름을 외쳤다. 자부에르는 인기가 많은 기사였다. 그는 억울하게 피고인이 된 자들을 위해 싸우기로 유명한 흑기사였다.

흑기사는 결투 재판에서 피고 대리인으로 싸우는 기사를 말한다. 반대로 원고 대리인을 백기사라 말했다.

"오오, 자부에르. 나도 이름은 들어봤지. 약자의 흑기사로 유명하더군."

"자부에르는 멋진 일화가 있는 기사입니다. 훗훗. 무보수로 약자를 위해 결투 재판이 나선다! 대중적 명성을 쌓기에 좋은 방법이지요."

"하지만 실력이 있으니 그토록 많은 결투 재판에서 승리한 거겠지."

사내와 페르젠이 자부에르를 보며 말했다. 자부에르는 흑기사로 유명한 자신의 명성에 걸맞게 복장도 까맣게 맞췄다.

"자부에르! 자부에르!"

대중들에게는 자부에르의 인기가 더 높았다.

억울하게 피고가 된 약자들을 위해 결투 재판에 나선 흑기사. 대중들은 그런 기사를 좋아했다.

자부에르가 진정으로 우러나온 마음에서 약자들을 위해 싸웠는지, 아니면 단순히 인기와 명성을 퍼트리기 위해 전략적으로 결투 재판에 나섰는지는 아무도 모른다. 어쩌면 그저 재판에 휘말려서 어쩌다 싸운 것일 수도 있다.

명성이란 원래의 진실과는 무관하다. 사람들의 입을 타면 그 자체만으로 명성은 생명을 지닌다. 하지만 이유 없는 명성은 없다. 어쨌든 자부에르가 결투 재판에서 흑기사를 자주 했던 것만큼은 사실이고, 여러 결투에서 살아남은 실력 있는 기사였다.

"후읍."

자부에르는 유릭의 32강전과 16강전 이야기를 들었다.

'일합으로 승부를 냈지. 어설프게 탐색전을 하려다간 당

하고 말아. 나도 처음부터 각오를 다지고 전력을 다해 달려 간다.'

자부에르가 결심을 굳히고 눈을 빛냈다. 잿빛에 가까운 망 토가 길게 휘날렸다. 검게 칠한 마상창이 단단히 고정되었다.

따각!

양편의 말들이 달린다. 사람들이 숨을 죽이며 두 기사가 마 주치는 걸 바라봤다.

'느낌이 달라?'

말을 타고 달리던 유릭이 생각했다. 그는 반대편에서 달려 오는 자부에르의 기세를 느꼈다.

자부에르의 안장은 뒷부분이 크고 안정적이었다. 마상 돌 격에서 부딪치더라도 더 버틸 수 있게 설계된 안장이었다. 자 부에르의 방패는 더 크고 굴곡이 져서 충격으로 고르게 분산 하는 모양이었다.

'방패를 쳐서는 지금까지처럼 낙마시키지 못해.'

찰나의 순간에 유릭의 판단은 끝났다. 이론적으로 뭔가 눈 치챈 건 아니었지만, 그냥 방패를 쳐서는 쓰러뜨리지 못한다 고 직감했다. 전사의 직감은 정확했다.

"유릭?"

시합을 지켜보던 필리온이 눈을 크게 떴다. 필리온만 이상 하게 반응한 게 아니었다. 다들 유릭을 바라보며 술렁거렸다.

마상창시합의 기본은 마상창을 겨드랑이에 바짝 붙여서 고정하는 것이다. 그 자세가 말의 힘을 온전히 싣기 때문이다. 다른 자세에서는 말의 힘을 소화하지 못해서 오히려 기마 돌격 하던 사람이 부상을 입는다.

'나는 힘이 세.'

유릭은 언제나 자신의 신체를 믿었다. 하늘산맥에서 부상을 입고도 추위에 떨며 지상까지 내려왔다. 면갑을 부술 때도 자신이라면 가능하다고 믿었다. 그는 자신을 믿는 전사였다.

"오오오오오!"

유릭이 원시적인 고함을 내질렀다. 그가 마상창을 겨드랑이에 고정시키지 않았다. 마상창을 위로 들어서 투창하듯 쥐었다. 그는 전혀 다른 각도에서 창을 내리꽂았다.

"안 돼! 유릭! 그걸론 힘이 부족해!"

필리온이 자신도 모르게 소리를 질렀다. 저 자세로는 중량 갑옷을 걸친 기사를 무너뜨리기에 힘이 부족했다.

'한 손으로 저렇게 치켜들어서 찌르다니! 힘도 부족할뿐더러, 자칫하면 어깨가 나갈지도 몰라. 괜히 자세를 갖추는 게 아니라고!'

그리고 필리온이 입을 쩌억 벌렸다. 그는 믿기 힘든 광경을 봤다. 유릭이 한 손으로 들어 올린 마상창이 위에서 아래로 절묘하게 방패를 피해 갑옷을 찔렀다.

10척이 넘는 마상창을 고정도 시키지 않은 채 자유자재로 찌르며 말의 힘조차 한 손에 온전히 실었다. 어깨와 팔의 힘만으로 창을 단단히 고정시킨 셈이다.

콰당!

자부에르는 예상치도 못한 각도에서 찔러 들어온 창을 막지 못했다. 어깨를 강타당한 그가 무게중심을 잃고 낙마했다.

'찌릿하군.'

유릭이 말고삐를 잡으며 끝이 부서진 마상창을 버렸다. 어깨가 저린 정도로 끝났다.

카앙.

칼을 뽑은 유릭이 고삐를 당기며 자부에르를 향해 말을 몰았다.

'도대체 내가 어떻게 공격당한 거지?'

자부에르는 무슨 일이 일어났는지 정확히 이해하지 못했다. 투구를 쓴 데다가 방패가 컸기에 그만큼 시야가 좁았다. 유릭의 마상창은 시야 바깥에서 찔러 들어왔다. 구경하던 제삼자들이 오히려 정확하게 봤다.

'한 손으로 마상창을 높게 들어서 돌격을 해?'

시합용 마상창은 한 손으로 저렇게 높이 들어 올리는 용도가 아니었다. 유릭의 자세는 일반적인 돌격 자세가 아니라 투창 자세였다.

'다른 기사가 저런 짓을 했다간 어깨가 부서졌을 거다. 무지막지한 신체 능력이로군.'

더군다나 유릭의 마상창은 굉장히 정교했다. 상대의 시야 사각지대를 노려 방패를 피해 위에서 아래로 찔렀다.

자부에르는 곧 시합을 포기했다. 그는 유릭이 한 손으로 마상창을 높게 들어서 내리꽂은 걸 알고 전의를 잃었다.

"보셨습니까? 오홋홋."

페르젠이 의기양양하게 말했다. 그는 장님처럼 시종으로부터 경기 내용을 듣곤 웃었다. 그의 눈으로는 시합 내용이 자세히 보이지 않았다.

"과연 감탄할 만한 실력이로군. 내 저렇게 마상창을 쓰는 사람은 처음 봤다. 태양전사단 내부에 중장기병을 편제해야 할지 고민했을 정도야."

사내가 손뼉을 쳤다.

"야만인이라고 다 저런 짓은 못합니다."

"재미있군! 즐거웠어. 노야, 아직 보는 눈이 녹슬진 않았군."

"물론입죠, 폐하."

페르젠이 머리를 가볍게 숙였다. 다른 시종들은 사내가 일어서자마자 바짝 엎드리며 예를 표했다.

펄럭.

사내가 자색 망토를 둘러멨다. 망토의 문양은 금빛 실로 새긴 독수리. 푸른색에 가까운 보라색이 아니라, 진짜 자색 독수리 망토였다. 그걸 등에 걸칠 수 있는 사람은 이 세상에 오직 한 명뿐이다.

세상의 주인이라는 이명으로 불리는 황제.

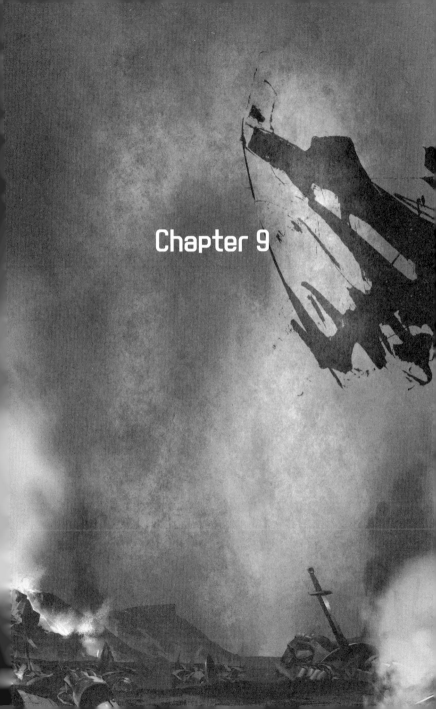

Chapter 9

"바르카 왕자님, 알현이 허가되었습니다. 준비하시죠. 해가 지면 오겠습니다."

제비궁의 궁사관이 파헬에게 말했다. 앉아 있던 파헬이 벌떡 일어나며 필리온을 불렀다.

"당장 준비해. 목욕물도 받아두고."

갑작스러운 알현 허가였다. 파헬은 주먹을 불끈 쥐었다.

'기회다. 드디어 기회가 왔어.'

가슴이 울렁인다. 긴장과 두근거림으로 속이 메슥거렸다.

도시 하멜을 지배하고, 제국을 지배하며, 나아가 세상을 지배하는 자. 세상의 주인이라는 말이 결코 과장이 아니었다. 태양신 루는 절대적인 존재이나, 바로 그 아래에 황제가 있었다.

'젠장, 토할 것 같군.'

이번 알현에서 파헬의 운명이 갈린다. 그는 준비된 목욕물에 몸을 담갔다. 얼굴까지 욕조에 넣고선 눈을 감았다가 떴다.

"왕자님, 망명 요청에 대한 확답을 받아야 하며 왕위 계승에 대한 정당성을……."

파헬이 욕조에서 얼굴을 들어 올렸다.

"말하지 않아도 알아. 노인네처럼 일일이 말하지 마."

"제가 잔걱정이 많아졌나 봅니다."

필리온이 웃으며 고개를 끄덕였다.

"이제 와서 알현 허가를 해줬다는 건, 유릭 덕분인 걸까?"

"아마도 그럴 겁니다. 유릭은 포를카나의 상징을 달고 눈에 띄게 활약했습니다. 황제의 귀에 들어가도 이상하지 않지요."

"역시 유릭이야. 항상 기대를 저버리지 않지."

파헬이 쓰게 웃었다. 유릭에게는 미안한 마음뿐이었다.

"대단한 수준의 전사입니다. 용병대장으로 끝날 인물이 아니죠."

필리온도 유릭을 높게 평가했다. 무력만 강한 게 아니었다. 머리도 비상하고 신의와 명예를 지킬 줄 아는 자다.

'범상치 않은 인물이 될 것이다.'

유릭을 지켜본 사람들은 다 그렇게 말했다. 유릭을 어린 시절부터 지켜본 주술사라든가 부족의 형제들도 유릭이 특별한 사람인 걸 알았다.

철퍽.

파헬이 가볍게 손을 뻗어 물장구를 쳤다. 근육이 붙어가는 팔을 바라봤다. 근래 훈련에 열중했지만 파헬은 무골과는 거리가 먼 체형이었다.

"황제는 어떤 사람일까?"

제3대 황제의 이름은 얀키누스 하멜론. 하멜의 주인 얀키누스라는 뜻이다. 아누 포를카나가 포를카나의 아들이라는 뜻인 것처럼.

"민중에게 인기가 많으며 지적이나 변덕스럽고……. 여자를 밝히는 호색한이라고 합니다. 알려진 바로는 그렇다는 거죠. 단순히 대외용으로 꾸민 정치용 소문일 수도 있습니다."

황제들은 하나같이 전설적인 인물이었다. 제1대 황제 샤르카만은 1대 만에 다른 왕국들을 복속시켜 제국을 건설했으며, 제2대 황제 가란기우스는 제국 내실을 다지면서도 북부와 남부를 정복했다.

이제 그 뒤를 이은 제3대 황제 얀키누스. 그의 행보를 대중들이 궁금해하는 건 당연했다.

'야만인 융화 정책.'

파헬이 중얼거렸다. 얀키누스의 가장 큰 정책 중 하나였다. 야만인들을 문명의 영향력으로 복속시키는 것. 실제로 많은 야만인이 문명에 교화되었다. 대중이 가진 야만인에 대한 반감도 10년 사이에 빠르게 줄어들었다.

'내가 유릭과 절친한 사이라는 소문을 퍼트렸지.'

파헬은 내심 그런 면을 노렸다. 친야만인적인 황제다. 야만인과 왕이 절친한 사이라는 말에 관심을 가질 법도 했다.

'내 의도가 통한 건가?'

파헬은 젖은 머리카락을 뒤로 쓸어 넘겼다. 푸른 눈동자가 짙었다. 금발 벽안은 포를카나 왕족의 특성 중 하나였다.

"좋아. 준비됐어."

파헬이 스스로 다독이며 일어섰다. 물이 뚝뚝 떨어졌다. 시종들이 다가와 파헬의 몸을 닦았다.

날이 서서히 저물었다. 목욕재계한 파헬이 깨끗한 옷을 입고 궁사관을 기다렸다. 어둑해지자 궁사관이 파헬을 찾아왔다.

"어디로 가는 거지?"

"백야궁입니다. 열락궁이라는 별명도 있지요."

궁사관이 미소를 지었고 파헬이 잠시 침묵했다.

"알현 장소로 적합하진 않은 것 같군."

"원래 이번 알현은 없었던 예정입니다. 고작 소국의 왕자 때문에 폐하의 일정을 바꿀 이유는 없지요."

궁사관이 노골적으로 말했다. 파헬은 치밀어 오르는 욕지

거리를 참았다.

"농담입니다, 바르카 왕자님. 단지 긴장을 풀어주기 위해 농이었습니다. 폐하께선 백야궁에서 알현을 자주 하시며 귀한 손님께 자신의 여자를 내어주기도 합니다."

궁사관이 낮은 웃음을 흘렸다.

"질이 나쁜 농담이었어, 궁사관."

파헬이 침을 꿀꺽 삼켰다. 열락궁은 멀리서도 눈에 띄었다. 한밤중인데도 대낮처럼 환한 궁을 찾으면 된다. 밤인데도 어둠이 찾아오지 않는 궁. 그래서 백야궁이라 불렸다.

끼이이익.

백야궁의 문이 열린다. 문 양옆에 서 있는 병사들은 미동도 하지 않았다. 눈동자만 움직여서 파헬과 궁사관을 확인했다. 이런 사소한 부분에서도 제국의 기강이 엿보였다.

"향?"

백야궁 곳곳에 향로가 있었다. 연기가 흩어지면서 짙은 향을 내뿜었다.

"따라오시죠, 왕자님."

궁사관이 앞서 걸으며 말했다. 좌우에서 여인들의 웃음소리가 간헐적으로 들렸다. 가림막 너머로 매끄러운 여자들의 그림자가 보였다.

여인들의 농밀한 체취와 향로의 향이 뒤섞여 기묘한 냄새가 났다. 어디서도 맡아보지 못한 독특한 향이었다.

"예를 표하시지요. 세상의 주인, 얀키누스 하멜론 폐하이십니다."

궁사관이 말했다. 그의 눈동자가 향한 곳은 다섯 계단 위에 있는 침대였다. 천장에서 늘어진 천 너머에 얀키누스가 앉아 있었다. 그 옆의 여자들이 얀키누스의 몸을 쓰다듬고 있었다.

"아아, 왔군."

얀키누스가 여자들을 밀치며 일어섰다. 그가 침대 주변의 천자락을 걷었다.

"황제폐하를 뵙습니다."

파헬이 허리를 깊게 숙이며 말했다.

"여기에 앉게, 바르카 왕자. 궁사관, 자네는 나가보게나."

얀키누스가 방석과 베개가 쌓인 자리를 툭툭 치며 말했다. 주변의 여자들이 까르르 웃었다.

'여자 냄새.'

파헬은 침대 끄트머리에 앉았다. 사람의 체온이 섞인 체취가 가까이서 느껴졌다. 여인들은 반쯤 벌거벗은 거나 마찬가지였다.

'성직자들이 보면 기겁하겠군.'

파헬은 독실한 태양교 신자였다. 이런 욕망의 장소가 낯설었다. 갑자기 맑은 바다가 그리웠다.

"마음에 드는 계집이 있는가?"

얀키누스가 물었다. 그가 고개를 기울이며 웃었다.

"그보다 먼저 논의해야……."

"계집이 마음에 들지 않으면, 사내를 좋아하는가?"

얀키누스가 무릎을 치며 웃었다. 여자들도 따라 웃는다. 파헬의 얼굴이 붉게 변했다.

"그런 게 아닙니다. 폐하, 제가 알현을 요청한 까닭은……."

"알고 있네. 그렇게 설명하지 않아도 말이야."

또다시 얀키누스가 파헬의 말을 잘랐다.

'어지간히도 얕보이고 있군.'

얀키누스가 파헬을 바라봤다.

'열다섯 나이에 숙부에게 쫓겨 망명하는 신세.'

필요한 이야기는 이미 다 들었다. 저번 알현 요청이 들어왔을 때는 우선순위에서 밀어냈다.

"그대의 왕위를 노리는 숙부가 하르마티 공작이라고 들었네. 만약 그 하르마티 공작이 내게 먼저 연락을 해서 자신의 왕위 계승 정당성에 대해 나를 설득했다면?"

"그 반역자에게 왕위 계승의 정당성은 없습니다!"

"그렇지. 적통 후계자인 자네가 살아 있다면 말이지."

얀키누스가 팔을 들어 올렸다. 파헬에게 살랑거리던 여인들이 갑자기 베개와 방석 밑에서 단도를 꺼내 들었다.

"이게 무슨!"

파헬이 당황했다. 여인들이 파헬의 목에 칼을 들이밀었다. 얀키누스가 웃으며 파헬을 쳐다봤다.

"자네가 죽으면 하르마티 공작이 왕위를 계승하겠지. 내가 듣기론 정치적 역량이 나쁜 사람이 아니야. 포를카나의 많은 귀족이 자네 숙부를 지지하고 있지. 아마도 자네 대신에 왕국을 잘 다스릴 거야. 나이도 사십이면 아직 십 년은 통치할 거고 말이지. 내가 하르마티 공작의 왕위 계승을 묵인한다는 전제하에서."

파헬의 안색이 새파랗게 변했다.

'여기서 끝장인 건가? 숙부가 벌써 여기까지 손을 썼어?'

파헬은 그제야 자신의 안일함을 반성했다. 제국만 오면 뭐든 풀릴 거라 철없이 생각했었다. 생각해 보면 황제가 자신의 편을 들어줄 거란 보장도 없었다.

"농담이 지나치십니다."

파헬이 입술을 떨며 말했다. 얀키누스가 고개를 저었다.

"유언을 남기게, 왕자. 자네는 왕위를 위해 왔다가 쾌락에 찌들어 복상사로 죽은 얼간이로 역사에 남겠지."

얀키누스가 펼친 손바닥을 천천히 쥐었다. 그 신호를 따라 칼날이 파헬의 목을 세게 압박했다. 칼을 쥔 여인들이 고혹적인 목소리로 죽음을 속삭였다.

"제가 목숨을 드릴 테니, 저를 보필한 기사들의 안전을 보장해 주시고……. 절 따라온 용병단과 그 대장인 유릭에게 후한 보상을 내려주십쇼. 저 같은 무능한 사람 밑에 있기에 아까운 유능한 자들입니다. 제 마지막 부탁을 들어주시면 그 어떤 원망과 저주도 없이 루의 곁으로 가겠습니다."

파헬이 기도문을 읊조렸다. 죽음 앞에 당당해지기 힘들었다. 아랫도리의 힘이 풀린다.

'루여, 제게 죽음을 받아들일 용기를 주소서. 죽음 앞에서 추해지지 않길.'

무릎을 꿇고 살려달라고 구걸하고 싶었다. 그러나 파헬은 그러지 않았다. 그는 이번 여정에서 용기를 배웠다.

'유릭은 어떠했는가. 유릭이라면 어찌할까.'

파헬은 생각했다. 유릭이라면 아마도 웃으며 인생을 마무리했을 터다.

파헬이 억지로 입가를 말아 올리며 웃었다. 생사의 경계에서 웃을 수 있어야 한다. 죽음 앞에서도 의지를 굽히지 않는다.

'그게 고결함이다.'

파헬이 눈을 감았다.

짝!

얀키누스가 손뼉을 쳤다.

"내가 농이 심했네, 바르카 왕자."

얀키누스의 신호에 여인들이 칼날을 베개 밑으로 숨겼다. 그녀들은 뒷걸음치며 흩어졌다.

"하아, 하아."

눈을 뜬 파헬이 상체를 숙이며 숨을 헐떡였다. 심장이 쿵쿵 뛰었다. 생사의 고비를 넘겼다.

"여기 물을 마시게. 시원한 물이야. 독 따윈 타지 않았지. 하하."

황제가 먼저 물을 마시곤 잔을 건넸다. 파헬이 물을 벌컥벌컥 마시며 가슴을 쓸어내렸다.

'살았다.'

땀이 주룩주룩 흘렀다. 목욕을 하고 온 게 의미가 없었다.

"농을 즐기시는군요."

파헬의 말투에는 불만이 섞여 나왔다. 숨기고 싶어도 숨기지 못했다.

"세상을 모두 가진 사람이란 그러한 것이지. 어지간해서는 자극이 없어. 난 태어날 때부터 가지고 싶은 걸 모두 가졌거든. 내 농이 때론 거칠고 사나워도 이해해 주게."

얀키누스는 어이없을 정도로 오만한 말을 태연하게 했다. 하지만 그 누구도 그 말을 부정하지 못했다. 태양신 루의 대리자인 교황조차 황제에게 고개를 숙인다. 그 어떤 세력도 무소불위의 권력을 가진 황제를 견제하지 못한다.

파헬은 숨을 가다듬고는 얀키누스를 정면으로 응시했다.

"제 망명 요청을 정식으로 받아주시고 제가 왕위에 올라설 수 있게 도와주십쇼, 폐하."

얀키누스가 파헬의 뺨을 손바닥으로 세게 잡았다. 그가 불타는 눈으로 파헬을 쳐다봤다.

"열다섯이면 스스로 세력을 갖추고 왕위를 지켜낼 수 있는 나이지! 그것조차 못한 왕자를 왕으로 만든다 해서 국정을 잘 이끌어 나갈 수 있을까? 그러한들 짐에게 어떤 이득이 있단 말이지? 포를카나의 왕이 누가 되든 나와는 상관없는 일이지. 누가 왕이든 제국에 조공만 꾸준히 바치면 그뿐이니까! 포를카나 왕국에서는 백작령의 주인이 누가 되든 하나하나 간섭을 하나? 내게 속국의 왕이란 그런 존재네."

얀키누스가 말을 쏟아냈다. 그가 입이 찢어져라 웃었다.

"적통 후계자가 왕위를 잇지 못하면 좋지 않은 선례를 남기는 겁니다."

파헬이 주장할 건 그것밖에 없었다.

"난 신경 쓰지 않아! 내 왼손에는 무적의 강철 기사가 있고, 내 오른손에는 불굴의 태양전사가 있지. 내 발아래에서는 자랑스러운 제국군이 나를 떠받들어 주네! 시시콜콜한 이야기는 접어둬. 스스로 왕권을 쥐지도 못하는 왕자를 왕으로 만들어주면, 자네는 내게 어떤 이득을 줄 거지?"

광기 어린 포효에 파헬이 짓눌렸다.

'늑대 같은 인간.'

얀키누스는 학문의 부흥에도 힘쓴 황제였다. 야만인에 대한 문화 정책을 펼치기도 했다. 그러나 파헬이 실제로 만난 얀키누스는 지성과 야성을 겸비한 무인이었다. 두 명의 선대 황제가 무력으로 쌓아 올린 제국이다. 그걸 보고 자라온 후계자가 얌전할 리가 없었다.

"망명 요청을 받아주지! 패배한 개가 되어 내가 던진 먹이나 집어 먹으며 여기에 머물러도 좋아. 하지만 왕이 되고 싶다면 내게 선물을 가져오게, 바르카 왕자. 사흘의 말미를 주겠네. 저녁 식사를 함께하지. 그때는 자네의 친구인 야만인 용병대장도 함께 오게."

얀키누스가 다시 여자들을 불렀다. 파헬이 뒷걸음치며 그를 바라봤다.

"사흘 뒤에 뵙겠습니다, 폐하."

"마음에 드는 여자가 있으면 안고 가도 좋네. 포를카나 왕가의 핏줄은 아름다운 금발 벽안으로 유명하지. 그 씨를 뿌려서 자네를 닮은 여자아이가 태어난다면 내 첩으로 삼아주지."

파헬은 구역질을 참았다. 성직자의 통제에서 벗어난 권력이란 이토록 방탕했다. 얀키누스는 태양신의 가르침 따윈 까

맑게 잊은 듯이 욕망을 탐했다.

"그리고 궁사관에게 내 선물을 받아가게. 백야궁에서 살아 나간 자네에게 주는 선물이니까. 선물과 선물은 오가는 법이 지! 내 말을 기억하게!"

그 말을 끝으로 남녀가 짐승처럼 뒤엉키며 신음만 거칠게 흘러나왔다.

허리를 숙여 예를 표한 파헬이 백야궁 바깥으로 나왔다.

"폐하께서 내게 선물을 남기셨다고 하더군."

입구에서는 궁사관이 기다리고 있었다. 그가 금으로 장식 된 함을 꺼내서 열었다.

"북부의 동토에서 온 귀한 보물입니다. 그 가치는 헤아릴 수 없죠."

궁사관이 말했다. 그가 꺼낸 것은 손바닥 크기의 녹색 비취 조각상이었다. 생전 처음 보는 양식이다. 구슬을 물고 있는 뱀 조각상이었다. 뱀치고는 용맹하다는 느낌이 드는 생김새 였다.

"뱀?"

파헬이 중얼거렸다.

"뱀과는 조금 다릅니다. 용이라고도 하지요."

궁사관이 대답했다.

유릭의 4강 시합은 많은 사람의 기대를 모았다.

"한 손으로 마상창을 번쩍 들어서 찔러 버린대!"

"힘이 얼마나 세면 그런 거야? 갑옷 파괴자라는 별명이 거짓이 아니었군."

사람들은 유릭의 괴력을 보기 위해서 기꺼이 마상창시합을 기다렸다. 대중들은 규격에서 벗어난 걸 좋아했다.

유릭은 세 번의 시합을 했고, 모두 일합으로 끝냈다. 사람들은 이번에도 그런 놀라운 괴력을 보고 싶어 했다.

4강 시합이 시작됐다. 유릭은 킬리오스의 옆구리를 박찼다.

카앙!

유릭과 기사가 맞부딪치며 경쾌한 소리가 났다. 말을 탄 두 사람이 움찔하며 반대편에서 서로를 흘겨봤다.

"후욱. 후욱."

유릭이 숨을 몰아쉬며 환호성을 들었다. 이번에는 일합으로 끝내지 못했다.

'강해.'

4강은 준결승이다. 그것도 하멜의 마상창시합은 고르고 고른 실력자들이다. 준결승에 올라온 사내는 호락호락하지 않았다.

'자칫하면 손목이 부러질 뻔했어. 비켰는데도 이 정도라니. 괴력은 괴력이군.'

유릭의 일격을 막아낸 사내가 생각했다. 그는 방패술의 달인이었다. 유릭의 창을 비스듬하게 흘려내며 공격을 막아냈다. 직접 무기를 마주한 유릭은 그게 얼마나 대단한 기술인지 알았다.

"대단해. 창끝이 방패에 닿았는데 내 힘이 헛돌았어."

유릭이 킬리오스의 고삐를 당기며 자세를 바로잡았다. 상대도 보통이 아니었다.

'나보다 경험이 풍부하다. 어중간하게 힘으로 민다고 이길 것 같지 않아.'

유릭은 엄밀히 말해서 마상창시합에서는 초보였다. 자질구레한 탐색전과 기술을 구사하는 것보다 힘으로 정직하게 부딪치는 게 승산이 높았다. 그래서 항상 일합부터 전력을 다해 적을 쓰러뜨렸다.

순수하게 힘으로 억누르기 힘든 상대를 만나면 어떡해야 하는가?

'기마전에서 이기기 힘들다고 판단되면 수비적으로 버티는 것도 나쁘지 않아. 차라리 도보전으로 끌고 가는 게 낫지.'

필리온은 이미 유릭에게 해답을 줬다. 유릭은 필리온의

조언을 따르기로 했다. 방패를 굳게 쥐고 수비에 집중했다. 성정에 맞지 않는 방법이었다. 유릭은 다시 한번 바람을 가르며 적을 넘기는 쾌감을 느끼고 싶었다.

'분명 기마 돌격은 즐겁지. 짜릿해.'

하지만 전사의 덕목은 승리다. 그들이 도박에 거는 건 돈이 아니다. 한번 잃으면 돌아오지 않는 목숨이기 때문이다.

유릭은 승리를 위해 인내할 줄 아는 전사다.

"지고 나서 '최선을 다했어!'라고 변명해 봐야 구차할 뿐!"

유릭이 웃었다. 그가 두 번을 더 창과 마주했다. 그가 방패를 단단히 들어서 창을 두 번 더 막아냈다.

'무슨 벽을 치는 것 같군.'

유릭의 커다란 체격과 단단한 근육은 쉽게 무너지지 않았다. 세 번의 기마전이 끝나고 나팔수가 뿔나팔을 길게 불었다.

뿌우우우!

유릭과 기사가 말에서 내리며 칼과 방패를 들었다.

"나머진 내게 맡겨, 킬리오스."

유릭이 킬리오스를 가볍게 두드리며 투구가리개를 살짝 열었다가 닫았다. 투구 안에 고여 있던 열기가 빠져나갔다.

"후웁."

신선한 공기를 마신 유릭이 상대를 쳐다봤다.

'도보전.'

기마전과는 다르다. 낯선 마상창과 말 위가 아니었다.

'지금 나는 땅 위에 서 있다. 좋아, 유릭.'

쿵.

유릭이 한 발자국 내디딘다. 상대 기사가 보기에 유릭은 두 배 정도 더 커 보였다.

'말에서 내렸는데 저 사내의 위압감은 더 강해진 것 같군.'

상대 기사는 당황했다. 기마전에서는 말 덕분에 사람의 존재감이 상대적으로 약했다. 지금은 사람의 힘만으로 싸운다. 전사의 순수한 역량이 도드라지는 순간이었다.

"와아아아아!"

유릭이 칼로 방패를 치며 고함을 질렀다.

'빌어먹을 야만인.'

기사가 인상을 찌푸렸다. 야만인들은 원시적인 싸움에 익숙하다. 자신을 크게 부풀리며 싸우기 전부터 상대를 압박한다.

쾅!

유릭이 인정사정없이 달려오며 칼을 크게 휘둘렀다.

'제기랄. 말에서 때리는 것과 별 차이가 없는 것 같잖아.'

묵직한 일격에 기사가 인상을 찌푸렸다. 연거푸 공격을 막은 팔이 저려왔다.

쿠웅!

유릭이 몸통박치기를 하듯 방패를 앞세워서 기사를 덮쳤다. 두 사람이 뒤엉키며 무게중심을 잃었다.

기사도 만만한 상대가 아니었다. 자세가 넘어지는 와중에서도 유릭의 옆구리를 찌르려고 했다.

콰득.

유릭이 방패를 버리며 기사의 칼날을 손으로 잡았다. 사슬 갑옷이 손까지 감싸고 있기에 가능한 짓이었다.

촤르르!

기사가 칼을 거칠게 비틀며 뺐다. 유릭의 손아귀를 감싸던 사슬들이 깨지고 휘면서 연결 고리를 이탈했다.

"빌어먹을, 싸구려 갑옷!"

유릭이 소리를 질렀다. 칼을 잡았던 손바닥이 화끈거리는 걸 느꼈다. 피가 철철 흘러내렸다.

'좋아. 놈은 한 손밖에 쓰지 못해.'

기사는 당연히 유릭이 한쪽 손을 쓰지 못할 거라 생각했다. 살가죽을 깊게 베었다.

두 사람은 칼을 휘두르기도 힘들 정도로 가까이서 뒹굴었다. 철제갑옷을 입은 기사들끼리는 흔한 일이었다.

꾸욱.

유릭이 피가 흐르는 주먹을 불끈 쥐었다. 그가 기사의 옆구리를 강타했다.

철렁!

기사의 사슬갑옷이 출렁였다. 주먹의 충격이 사슬갑옷 너머의 누비옷까지 관통했다. 유릭의 주먹은 둔기나 다름없었다. 다친 손으로도 아랑곳하지 않고 사슬갑옷 위를 때렸다.

"커억!"

옆구리를 맞은 기사가 숨을 크게 내뱉었다. 유릭은 기사를 깔아뭉개며 주먹을 여러 차례 휘둘렀다.

"하악, 하악."

유릭이 피가 뚝뚝 떨어지는 손을 멈췄다. 그의 밑에는 갑옷을 입은 기사가 축 늘어지며 기절했다. 사실 대부분의 피가 유릭의 찢어진 손아귀에서 나온 것이다.

"우, 우와아아아아! 갑옷 파괴자! 갑옷 파괴자!"

관중들이 맨손으로 갑옷을 두들겨 패는 유릭을 보며 환호했다. 일반적인 기사들에게서는 볼 수 없는 참신한 폭력이었다.

유릭이 팔을 들어 올리며 승리를 자축했다. 유릭은 환호 속에서 퇴장했다.

"끄응. 기사답지 않았지만 이긴 건 이긴 거로군."

필리온이 절레절레 고개를 흔들었다. 그는 돌아온 유릭의 상처를 살폈다.

"원래 갑옷이 그렇게 쉽게 끊어지는 거야? 엉?"

유릭이 짜증을 내며 찢어진 손바닥을 내밀었다.

"사슬이 견고하지 못해서 그런 거네. 이 정도로 끊어지다니. 손바닥 부분을 덧댄 가죽도 얇기 짝이 없군. 얼마나 대충엮어 만든 건지……."

필리온이 혀를 차며 유릭의 손에 깨끗한 물을 부었다. 피를 씻기고 상처를 살폈다.

'꽤 깊게 베였어. 이런 손바닥으로 무기나 방패를 들긴 힘들어.'

유릭의 손바닥 상처는 깨끗하게 갈라졌다. 보기만 해도 쓰린 상처였다.

"손가락을 하나하나 움직여 보게. 음, 다행이군. 충분히 휴식만 취하면 나을 걸세. 왕자님도 어제 알현을 했으니, 이제 그만……."

유릭이 필리온의 멱살을 쥐었다.

"무슨 소리야? 손바닥 좀 찢어졌다고 포기하라고? 앞으로시합 하나 남았다고! 한 번만 이기면 우승이야."

"이미 목적은 달성했네, 유릭."

"내 목적은 아직 달성하지 못했어. 이런 건 침 좀 바르고 자면 내일쯤 살점이 다 붙어 있을 거야."

유릭의 눈동자가 뜨거웠다. 필리온은 유릭의 열의를 느꼈다. 전투가 끝난 지 얼마 되지 않아서 더욱 말이 격했다.

"결승까지 올라간 것도 대단해. 사람들은 자네의 이름을 기억할 걸세."

"헛소리 집어치워. 우승도 못 한 내 이름을 기억해? 웃기고 있네."

"진정하게, 유릭. 자네가 시합에 참가한 목적을 생각해 보게나! 누굴 위해서 여기에 온 거지?"

필리온이 유릭의 팔을 걷어냈다. 성정이 유순한 필리온도 고집 있는 기사였다. 태양신 루의 맹세를 어길 정도로 충의를 우선시한다.

"필리온 아저씨, 무슨 말인지는 알겠어. 하지만 난 젊어. 가슴이 뜨겁다고. 어쩌면 평생 후회할지도 모르지. 난 댁만큼 많이 살진 않았지만 한 가지는 알아. 하고 싶은 일은 할 수 있을 때 해야 돼. 온갖 이유를 붙여가며 도망가고 미루다 보면 아무것도 못한다고."

"끄응."

"이제 한 번 남았어. 들어봐. 사람들이 내 이름을 외치고 있어. 검투사 때와 비교도 되지 않을 만큼 많은 사람이지."

"자네가 언제부터 그렇게 명성을 탐했지?"

"명성을 탐하는 게 아니야. 명성을 얻는 기분이 궁금한 거지."

차분한 유릭의 말.

필리온이 유릭의 눈을 뚫어져라 바라봤다. 유릭은 뜨거우면서도 냉정했다.

'치기는 젊음의 특권이지.'

나이가 먹으면 위험을 무릅쓰지 못한다. 젊은 시절의 열의를 잊고 만다. 무언가를 배우기보다 익숙한 것에 매몰된다. 자신의 노쇠함을 인정하지 못하고 젊음을 어리석다 치부한다.

필리온이 쓰게 웃었다.

'그대는 언제나 반짝이는군, 유릭.'

그가 유릭을 올려다봤다. 유릭은 젊고 강하다.

끼릭.

유릭이 투구를 벗었다.

"나도 파헬을 위해 행동하고 있어. 단지 필리온 경과 나는 차이가 있지. 나는 그 녀석의 친구이고, 아저씨는 신하인 거야. 내 인생은 파헬을 위해서 존재하는 게 아니야."

"하지만 적어도 지금은 용병대장으로 임무를……."

필리온이 항변했다.

"신의를 지키는 범위 안에서 나는 나를 위해서 행동해. 내가 그렇게 행동하지 않았다면 파헬과 아저씨는 포를카나의 국경을 넘지 못했을 거야. 순전히 제국 수도에 가고 싶었던 내가 용병단을 설득한 거 마찬가지였으니까. 만약 내 개인적인

268 바바렌 3

욕망에 따르지 않고 용병대장으로서만 충실했다면? 그 자리에서 우리를 속인 아저씨와 파헬을 죽이고 진주 주머니를 강탈했겠지. 그게 더 안정적인 이득이니까."

필리온은 할 말이 없었다. 그는 유릭의 개인적인 변덕에 도움을 받았었다.

"언제부터 그런 달변가가 되었나? 마음대로 하게. 결승은 이틀 뒤니까. 내가 좋은 연고를 사 오겠네."

필리온이 힘없이 웃었다. 무능한 자의 고집은 어리석은 아집이며, 유능한 자의 고집은 신념이다. 당연하게도 유릭은 후자였다.

Chapter 10

　파헬은 이틀 동안 비취 조각상을 바라봤다. 비취는 불투명한 녹색이다. 조각은 물론이고 장신구로도 인기가 없는 광석이었다.

　"용이라고?"

　파헬이 중얼거렸다. 닳은 흔적이 역력하지만 원체 정교한 조각상인지라 용의 생김새가 선명했다. 뱀과 닮아 있었으나, 도마뱀 같은 앞다리가 있고 머리에서는 뿔과 수염이 돋아나 있다. 입에는 구슬을 물고 있다.

　파헬도 처음 보는 짐승의 생김새였다. 하지만 어떤 느낌인지는 대충이나마 알았다. 용맹하고 경건했다. 용은 숭배 대상이었다.

　'귀한 보물이라고 했어. 황제가 이유 없이 내게 이걸 줬을

리가 없다.'

파헬은 얀키누스의 말을 떠올렸다.

'선물과 선물.'

황제는 거칠면서도 심계가 깊은 사내였다. 의미 없는 행동이나 말 따윈 하지 않았다.

'이 조각상을 통해서 내게 하고 싶은 말이 있는 거야. 그걸 알아내지 못하면 내가 무능하다고 판단하는 거지.'

도무지 답이 나오지 않았다. 밤을 꼴딱 새워도 졸음이 오지 않았다. 머릿속이 선명했다.

파헬은 스스로 아는 게 많다고 생각했다. 비취 조각상 앞에서는 그의 지식이 쓸모없었다. 어떤 지식을 대입해도 연관되는 게 없었다.

"북부에서 온 조각상. 분명 가치 있는 보물이겠지."

파헬은 생각했다. 황제 얀키누스는 야망이 있는 자다.

'북부의 마지막 땅마저 정복하려는 걸까? 농사도 짓지 못하는 얼음뿐인 극지를?'

선대 황제는 죽기 전까지 야만인 잔당 토벌을 했다.

이제 야만인에게 남은 땅은 풀 한 포기 자라지 않는 땅이다. 북부로는 혹한의 얼음 땅, 남부로는 혹서의 모래사막. 정복하기도 힘들뿐더러 그만한 병력을 투자할 가치도 없었다. 혹한과 혹서의 땅에서 야만인들은 서서히 죽어갔다. 살고자 하는 야만인들은 제국령에 편입됐다.

'가치가 없는 땅이야. 설사 남은 북부를 정복하고자 하는 야망이 있더라도 내게 원하는 건 없을 거야. 북부를 정복할 힘은 제국에게 충분해.'

파헬이 엄지손톱을 잘근잘근 깨물었다.

"다미아 누님이 옆에 있었더라면……."

이럴 때마다 누이가 그리웠다. 다미아 공주는 대단한 독서가였다. 파헬은 누이에게 모르는 걸 자주 물어봤었다.

'왕위가 이런 수수께끼에 달렸다니.'

욕지거리가 나왔다. 파헬이 책상에 엎드려 잠시 눈을 붙였다. 밀린 피로가 쏟렸다.

바르카, 바르카. 내 동생아. 착하지, 착하지.

누이의 꿈을 꿨다. 자상한 누이. 아리따운 누이. 사랑스러운 누이. 일찍 친모를 잃은 파헬에게 다미아는 쌍둥이지만 엄마와 같은 존재였다.

달콤한 꿈이다. 즐거운 유년기 시절이었다.

"음."

잠에서 깨어난 파헬이 뻑뻑한 몸을 일으켰다. 그는 자신의 어깨를 덮고 있는 외투를 눈치챘다.

"이제 일어났냐? 잠은 침대에서 자라고."

유릭이 의자에 앉아 있었다. 그가 비취 조각상을 보는 중이었다.

"유릭, 손을 다쳤어?"

파헬이 유릭의 왼손을 바라봤다. 붕대로 돌돌 감겨 있었다.

"별거 아니야. 조금 베였어. 그나저나 이거 대단한걸. 손바닥 크기인데도 이렇게 정교하게 조각하다니."

"황제에게 받은 거야. 북부의 보물이라고 하더군."

"이야, 벌써 황제에게 사랑을 받고 있는 거야? 비결이 뭔데?"

"그런 거라면 좋겠지만, 오히려 형벌이나 마찬가지야. 그 조각상은 내게 낸 수수께끼라고. 그걸 해결하지 못하면 왕위고 뭐고 없어. 제기랄. 생전 처음 보는 양식의 조각상이라고! 책에도 나오지 않아."

파헬이 짜증을 냈다. 유릭은 고개를 삐딱하게 기울이며 조각상을 노려봤다.

"북부의 보물이면 북부인에게 물어봐야지. 스벤은 의외로 아는 게 많아. 북부인 중에서도 꽤 높은 지위였었어."

파헬이 눈을 크게 떴다.

'내가 왜 진작 그 생각을 못 했지?'

한심했다. 긴장과 불안감 때문에 시야가 좁아졌었다.

"유릭, 너는 천재야!"

파헬이 펄쩍 뛰며 말했다.

"그걸 이제 알았어? 스벤을 불러오지. 기다려."

유릭은 바크만을 불러서 스벤을 호출했다. 황궁은 입궐이 까다로우나 외부인이 머무는 제비궁만큼은 입궁 절차가 느슨한 편이었다.

스벤은 북부인 두 명을 대동하고 입궐했다. 검문을 마치고 들어온 북부인의 얼굴에는 불만이 가득했다.

"우리가 왕자의 가신이야? 이래라저래라 하는 게 짜증 나는군."

북부어로 말했다. 스벤이 수염을 매만지며 껄껄 웃었다.

"조용히 해. 우리 대장은 유릭이다. 왕자가 아닌 유릭의 호출을 받은 거라고."

"그래, 유릭. 그놈은 어디 출신이야? 남부도 북부도 아닌 놈이라고."

다른 북부인들이 유릭의 출신에 대해 궁금해했다. 그들은 오랫동안 유릭과 함께한 야만인이다. 유릭이 남부와 북부 어디에도 속하지 않는다는 걸 알았다.

"입 다물어. 정 궁금하거나 불만이면 도끼를 들고 유릭을 찾아가든가. 그게 우리의 방식이지."

스벤이 뻐근한 어깨를 주무르며 말했다. 그는 서서히 몸이 녹슬어 가는 걸 느꼈다. 스벤은 전사로 적잖은 나이다. 몸도 험하게 굴린 터라 비가 오면 뼈마디가 쑤셨다.

다른 북부인들은 스벤을 존중했다. 스벤의 언행에서 인품이 배어 나왔다. 분명 북부인 중에서도 높은 위치에 있던 자였다.

끼익.

스벤과 북부인이 파헬의 방으로 들어갔다. 그 안에는 유릭과 파헬이 기다리고 있었다. 그들이 마주 앉은 책상에는 비취 조각상이 있었다.

"왔군. 기다리고 있었네, 스벤."

파헬이 스벤을 맞이하며 말했다. 스벤은 용병단 내에서도 중요 인물이다. 그는 다섯 명이나 되는 북부인 파벌을 이끄는 간부다.

"스벤, 이 조각상이 뭔지 알아보겠나?"

파헬이 자초지종을 말하며 물었다. 사정을 듣던 스벤의 눈동자가 사납게 빛났다. 하지만 금방 살기를 갈무리하며 내색하지 않았다. 다른 북부인들의 표정은 좋지 않았다.

'당연하지. 자신들의 보물을 제국이 강탈한 거니까.'

파헬은 자기가 죄를 지은 것처럼 말투가 조심스러웠다. 개종하지 않은 야만인들에게 제국은 여전히 침략자다.

"솔직히 말해서 처음 보는 거요, 왕자."

스벤이 비취 조각상을 바라봤다. 파헬의 표정이 어두웠다. 스벤마저 조각상의 의미를 모른다면 끝장이었다.

"북부에서 비취 조각상을 만들지 않아?"

"우린 보석 세공 따윈 하지 않소. 우리의 장인들은 나무를 다루지."

북부에는 질 좋은 목재가 많다. 북부인은 혹한의 기후 덕분에 주로 해안가에서 살았는데, 좋은 목재로 만든 배를 타고 멀리까지 어업 활동을 했었다. 철로 따지면 북부의 나무는 강철이나 마찬가지다. 제국의 귀족들도 북부 원목으로 만든 가구를 선호할 정도였다.

"황제는 이걸 북부에서 가져왔다고 했어. 귀한 거라고 말했지."

파헬이 비취 조각상을 바라봤다. 범상치 않은 세공의 흔적.

"처음 보는 거지. 모르는 거라곤 하지 않았소."

스벤이 수염 아래로 웃으며 말했다. 파헬이 고개를 벌떡 들었다.

"요새 말장난에 자주 당하는 것 같아. 아는 게 있으면 빨리 말해주게, 스벤."

"음, 제국어로 뭐라 말해야 하는지 모르겠군. 동방신물?"

스벤이 말을 더듬거리다 말했다. 파헬조차 그 의미를 정확히 몰랐다.

"동방신물?"

"동방에서 온 보물이라고 보면 되오. 우리 북부인의 전설이지. 그리고 그 전설을 뒷받침하는 유일한 증거가 바로 그 동방신물이오."

"동방? 포를카나 왕국이 가장 극동의 국가라고!"

파헬은 어처구니가 없었다. 스벤이 고개를 저었다.

"우리 전설에 따르면 아니오. 우리 선조 중에 동대륙을 발견하고 탐험해 돌아온 사람이 있소. 동방신물이 그 교류의 증거지. 지금은 끊겨 버린 바닷길이지만 말이오."

"말도 안 되는 소리! 그저 전설이지! 바다의 끝은 세상의 끝이라고!"

파헬이 고개를 설레설레 저었다.

"우리에겐 문명인과 같은 기록 문화가 없지. 전설이 곧 역사이며 사실이오."

모든 북부인이 동대륙을 믿는 건 아니었다. 하지만 스벤은 동대륙을 믿고 있었다. 그는 동대륙으로 이주하려던 선단에 몸을 실었었고, 배가 난파되어 검투사 노예 신세가 되었다.

"결국 세상의 끝에 떨어져 모두 죽을걸. 이건 그저 북부의 전설이라고. 동대륙 따윈 없어."

파헬이 한사코 부정했다. 유릭이 비취 조각상을 파헬의 눈앞까지 들어 올렸다.

"파헬, 나는 이곳에 대해 잘 모르지만, 네가 잘 봐봐. 너는 이걸 북부인이 만들었다고 생각해? 책의 지식에 의존하지 말고 네가 직접 보고 생각해. 여기에 증거가 있어."

파헬의 눈동자가 공포로 물들었다. 동대륙은 상상도 해본 적이 없었다.

'바다 너머에는 세상의 끝이라 불리는 절벽이 있고, 모든 바닷물이 폭포처럼 떨어지지⋯⋯.'

파헬이 중얼거렸다.

"안 돼. 이건 신성모독이야. 루께서도 세상의 절벽 아래에는 대지를 떠받치는 짐승들이 살고 있고, 그 짐승들은 떨어지는 바닷물을 마시며 연명한다고⋯⋯."

파헬은 혼란에 빠졌다. 스벤 뒤에 서 있는 북부인 하나가 웃었다.

"동대륙? 그건 나도 없다고 생각해. 내 입으로 말하기 그렇지만, 우리 북부인들은 허풍이 세거든. 자신의 위업을 과장하지. 그저 무인도 하나를 발견하고 동대륙이라 우겼을 수도 있어."

북부인의 말에 스벤이 인상을 찌푸렸다.

"저 동방신물을 보고도 그런 말이 나오나?"

"저게 동대륙에서 왔다는 증거라도 있어? 그저 말뿐이잖아."

북부인 사이에서도 동대륙의 존재는 의견이 분분했다. 단순히 과장된 전설이라 말하는 이도 있었다.

'황제의 의도.'

파헬이 눈을 크게 떴다.

'말도 안 돼.'

황제 얀키누스의 의도가 보였다. 파헬이 손을 파르르 떨었다.

"덕분에 황제가 말하는 선물이 뭔지 알았어. 고마워, 스벤."

스벤도 눈을 동그랗게 떴다. 그가 주먹을 불끈 쥐었다.

"과연! 그렇군! 그거로군!"

스벤이 흥분하며 외쳤다. 그의 눈동자가 소년처럼 반짝였다.

"하지만 말도 안 돼. 이건 자살행위라고. 내 신하들과 국민들을 죽으라고 떠미는 거나 마찬가지야!"

파헬이 얼굴을 감싸며 외쳤다. 활기가 넘치는 스벤과 반대였다.

"내 역할은 이 정도인 것 같군. 이 빌어먹을 제국도 쓸모 있을 때가 있다니. 놀라워."

스벤이 소리 높여 웃었다. 그가 문을 쾅 닫으며 방을 나갔다. 북부인들의 요란한 목소리가 닫힌 문 너머로도 들렸다.

"황제는 스벤처럼 동대륙의 존재를 믿고 있어. 내게 동대륙을 탐험하라고 하는 거야. 해안 왕국인 포를카나밖에 못 하는 일이지. 이건 시간이 얼마나 걸릴지 모르는 국책 사업이야. 숙부의 통치기는 길어봐야 10년에서 20년. 나는 죽지 않으면 적어도 2, 30년은 통치하겠지. 어쩌면 더 오랫동안. 그래서 황제가 날 선택한 거야."

국책 사업은 왕의 후원이 중요하다. 왕이 바뀌면 여러 정치적 상황이나 왕의 변덕 때문에 사업이 뒤집어지는 경우도 흔했다. 선대 황제가 죽자마자 현 황제인 얀키누스는 야만인 잔당 토벌을 멈추고 융화 정책을 펼쳤다.

"뭘 고민해? 하면 되잖아?"

유릭이 그 옆에서 말했다.

"황제의 말이라고! 그저 하는 척만 하면 안 돼. 진짜 배를 건조하고 연구해야 된다고. 돈이 얼마나 들어가는지 알아? 배가 완성되면? 내 손으로 직접 가신과 선원을 죽으라고 내보내야 돼. 동대륙이 없다면? 세상의 끝이 아가리를 벌리고 먹이를 기다리고 있다면? 솔직히 말해서, 난 동대륙 따윈 믿지 않아. 그냥 다 죽는 거라고. 황제의 허황된 야망 때문에 내 국민들을 제물로 바치는 거야! 성직자들은 태양신 루의 의지를 거스른다고 날 비난하겠지."

파헬이 벌벌 떨었다.

"하지만 너는 왕이 되고 싶잖아? 고작 그게 두려워서 포기하려고? 그냥 제국의 마구간에서 마부 노릇이나 해. 딱 그 정도 그릇인 것 같으니까. 황제의 엉덩이가 닿은 안장을 광나게 닦으라고."

유릭이 의자에 등을 기대며 빈정거렸다. 파헬이 고개를 벌떡 들어서 유릭을 노려봤다.

"넌 몰라. 내가 맞닥뜨린 공포와 절망을 모른다고."

유릭이 턱을 괴며 웃었다.

"파헬, 난 서부에서 왔어. 이승과 저승의 경계를 넘었지."

마상창시합 결승전의 날이 밝았다. 사람들은 관객석을 빼곡히 채웠다. 당연하게도 결승에 오른 두 명의 기사를 보러 온 것이다.

포를카나 왕족의 후원을 받은 '갑옷 파괴자' 유릭.

"오오오! 유릭! 유릭!"

남자들이 유릭의 이름을 울부짖었다. 유릭은 갑옷 파괴자라는 명성에 걸맞은 활약을 했다. 한 손으로 마상창을 들어서 상대를 찍어 내렸고, 맨손으로 기사를 두들겨 기절시켰다.

"꺄아아아아!"

여자들은 반대편 기사를 보며 소리를 질렀다. 여성 관객도

적잖게 많았다. 남편들은 소리를 지르는 부인들을 보며 인상을 찌푸렸다.

"단테! 단테!"

"저를 봐주세요! 단테!"

여자들이 외쳤다. 유릭의 결승전 상대 이름이었다.

기사 단테는 투구를 미리 쓰지 않고 옆구리에 낀 채로 시합장에 나왔다. 그는 싱긋 웃으며 여성들을 바라봤다. 뒤로 넘긴 머리카락 아래의 얼굴이 반반했다. 이목구비의 곡선이 부드러운 남자였다.

'꽃의 기사 단테.'

'꽃의 기사'. 단테의 별명이었다. 그는 서부에 위치한 벨라도 왕국의 기사였다. 그는 재물이나 강철 기사단이 목적이 아니라, 순수하게 자신의 명예를 드높이기 위해 출전했다.

"올해는 방랑 기사들이 결승에 올라오지 않았군."

귀족들이 말했다.

갑옷 파괴자 유릭, 꽃의 기사 단테. 두 사람 모두 소속이 뚜렷한 기사였다. 아무리 탐나더라도 주인이 있는 기사를 빼앗진 못한다. 그건 명예의 문제였다. 돈 때문에 주군을 배반한 기사는 불명예의 낙인이 찍힌다.

"마상창시합도 5년이 다 되어가네. 실력 있는 방랑 기사들은 자리를 잡을 때가 됐지. 이제 남은 방랑 기사들은 어중이

떠중이야."

해가 갈수록 방랑 기사들의 질은 떨어지고, 유명한 기사들은 마상창시합 우승을 하나의 전리품으로 여겼다.

시작은 실력 있는 방랑 기사들을 뽑기 위한 시합이었으나, 점점 기사들의 명예를 드높이는 자리로 의미가 바뀌었다.

"야만인이긴 하지만 갑옷 파괴자가 이겼으면 좋겠군."

귀족 사내가 말했다. 그는 다른 귀부인들과 마상창시합을 보는 자신의 부인을 쳐다봤다.

"단테 공! 승리하세요!"

부인이 주책을 부리며 외쳤다. 눈은 이미 휙 돌아갔다.

"나도 그러하네. 아무래도 꽃의 기사는 호감이 영 안 간다고. 내 정부도 이번 시합을 보고 싶다고 조르더라고."

귀족 사내들이 청동잔을 마주치며 웃었다.

"뭐야? 저 얼굴로 전사라고 나오는 거야? 곱상하게도 생겼네."

유릭이 투구가리개를 내리며 시합장으로 나왔다. 그는 가리개 사이로 단테의 얼굴을 쳐다봤다.

단테는 관중을 향해 손을 흔들다가 투구를 썼다. 그가 투구를 쓰는 순간 여성 관객들이 탄식했다. 단테의 복장은 유독 화려했다. 공작새처럼 갑옷에 깃털 장식도 많았다. 투구에는 붉은 술이 화려하게 휘날렸다.

"어라? 갑옷 파괴자의 손이 왜 저래? 방패를 안 들고 나왔
잖아?"

관중이 유릭을 보며 말했다. 유릭의 왼손은 무방비했다. 장
갑조차 끼지 않았다. 붕대로 감았지만 손이 퉁퉁 부어 있는 게
보였다. 누가 봐도 곪고 부은 손이었다.

관중들은 유릭의 부상을 눈치챘다.

'제길. 유릭. 그 손으로 시합에 결국 나가다니.'

필리온이 발을 동동 굴렀다. 그는 진심으로 유릭을 걱정
했다.

따각, 따각.

유릭과 단테는 말을 타고 천천히 전진했다. 두 사람이 엇갈
리며 가볍게 고개를 끄덕였다.

"손을 다친 모양이군, 유릭 경."

단테가 말했다. 생긴 것처럼 부드러운 목소리다. 여자들이
살살 녹아내릴 미성이었다.

"너 정도는 한 손이면 충분해."

유릭이 키득키득 웃었다. 그의 웃음이 투구를 울렸다.

"여긴 명예를 다투는 자리지."

단테가 그 말을 하곤 자기 자리로 돌아갔다. 시합을 시작하
기 전에 단테가 갑자기 왼손을 높게 들어 올렸다.

쿵.

단테가 왼손으로 들고 있던 방패를 땅에 떨어트렸다.

"이 자리는 명예를 다루는 자리. 나는 공정하길 원하며 동등하게 싸우겠소!"

단테가 외쳤다. 그 말을 들은 관중들이 환호했다. 남자들조차 단테의 이름을 외쳤다.

단테는 왼손과 방패를 쓰지 않고 유릭과 똑같은 조건에서 싸운다고 선언했다.

"저 새끼가……. 뒈지려고 환장했나."

환호 속에서 유릭만이 인상을 험악하게 찌푸렸다.

단테는 유릭과 똑같은 조건으로 싸움에 나섰다. 그는 스스로 굉장히 명예로운 행동이라 생각했다.

'내게 모욕을 줬어.'

유릭의 생각은 달랐다. 최선을 다하지 않는다는 것은 상대를 아래로 본다는 의미다. 상대를 진지하게 생각한다면 결코 저런 짓을 하지 못한다. 전사에게 있을 수 없는 일이다. 상대가 두 팔을 쓰지 못하더라도 전사라면 전력을 다해 맞서야 한다.

'한 손으로 날 이길 수 있다고?'

유릭이 목구멍을 긁어내듯 웃었다. 그의 손아귀에 힘이 잔뜩 들어갔다.

"킬리오스, 달려."

킬리오스의 옆구리를 차며 말했다.

따각.

말이 달린다. 속도가 점점 높아진다.

끼리릭.

유릭이 창을 굳게 꼬나 쥐었다. 그는 상체를 당당하게 세웠다.

"와아아아아아!"

환호성이 쏟아진다. 두 명의 기사가 방패도 없이 달려들었다.

'미쳤군. 방패도 없이 저렇게 달려오다니. 창을 피할 생각조차 하지 않아.'

단테는 달려오는 유릭을 바라봤다. 유릭은 오로지 창으로 공격할 생각만 했다. 굳건하게 달려오는 유릭의 기세에 공기조차 흔들리는 듯했다.

'저것과 정직하게 맞서면 같이 죽자는 거지.'

단테가 마상창을 비틀었다. 유릭의 마상창을 쳐 내면서 유릭의 가슴을 찌르려고 했다. 대단히 노련한 기술이었다. 외모 때문에 꽃의 기사라 불리지만 단테는 벨라도 왕국에서 손에 꼽히는 기사다. 강철 기사단에 들어가고도 남을 실력이었다.

키이이이잉!

마상창이 서로 긁으며 지나갔다. 단테는 전력을 다해 유릭의 마상창을 밀어냈다. 공격은커녕 유릭의 찌르기 궤도를 바꾸는 게 고작이었다.

콰직!

충돌로 마상창이 부서졌다. 두 사람은 서로 반대편으로 달려가서 마상창을 새롭게 받아 들었다.

'힘이 어마어마하군.'

단테는 저릿저릿한 손가락을 하나씩 움직였다. 방심했다간 그대로 유릭에게 당할 뻔했다.

'여태까지 힘으로 밀려서 패배한 것도 이해가 돼. 저런 체격과 힘, 그리고 용맹함 앞에서는 어쭙잖은 기술은 있으나 마나지.'

단테는 어쭙잖은 기술을 가진 자가 아니다. 그는 우승의 영광을 왕국에 가져가기 위해서 왔다.

'뭐지? 방금 그건?'

유릭도 놀란 건 마찬가지였다. 단테의 마상창은 뱀처럼 유릭의 창을 휘어 감았다. 덕분에 창의 방향이 뒤틀렸다. 여인과 침대에서 뒤엉키듯 끈적끈적한 창술이었다.

단테는 재수 없는 것과 별개로 실력자였다. 유릭이 고개를 좌우로 삐딱하게 꺾으며 단테를 노려봤다.

마상창시합의 창술은 실전 창술과 다른 면모가 많았다. 마상창시합이 자리 잡은 지 고작 5년. 마상창시합용 창술을 높은 수준까지 익힌 사람은 드물었다. 그 드문 사람 중 하나가 바로 단테다. 그는 마상창시합을 여러 번 참가해 본 경험자다.

'뭔지 몰라도 더러운 기술이었어.'

유릭이 새로 받은 마상창을 매만졌다.

마상창을 보급받은 두 사람이 말고삐를 잡으며 자세를 바로잡았다. 유릭이 강한 악력을 발휘해 마상창의 끝을 빙글빙글 흔들며 전진했다.

'제길, 어지럽군.'

단테가 유릭의 흔들리는 마상창에 집중했다.

카앙!

두 사람이 마주쳤다. 이번에는 유릭이 우위를 잡았다. 그의 마상창이 단테의 투구를 스치고 지나갔다.

데엥!

단테는 시야가 흔들리는 걸 느꼈다. 그의 투구가 창에 부딪히며 튕겨져 나갔다. 단테가 한쪽 눈을 찌푸리며 뒤를 돌아봤다.

"시시하군. 어린애 장난 같아. 다음은 진짜 목숨을 걸어서 와라. 등을 세우고 달려와. 당당하게 맞아줄 테니까."

유릭이 말했다. 그가 원했던 마상창시합은 이런 게 아니었다. 좀 더 뜨겁고 짜릿한 무언가가 있었다. 모든 힘을 다해 정직하게 교차하는 그 순간을 원했다. 이번 상대는 기교가 심했다.

전사에게는 머릿속이 하얗게 변하면서 고통도 증오도 분노도 사라지는 순간이 있다. 극상의 쾌락이 두려움 너머에서 전사를 기다린다.

까닥까닥.

유릭이 손가락을 움직이며 관절을 풀었다. 그는 온몸이 근질근질했다. 유릭은 자극을 갈망하는 짐승이었다.

"날 즐겁게 만들어줘. 결승전이잖아."

유릭의 눈동자가 단테를 쫓았다. 단테는 순간 등골이 서늘했다.

전투를 갈망한다는 것. 생사를 넘는 자극에 중독된다는 것. 제정신은 아니다. 평범한 사람이라면 평생 저런 감정에 공감하지 못한다. 일류 전사가 되는 길은 미치광이가 되는 거나 마찬가지다.

유릭이 팔을 크게 벌리며 도발했다. 자신의 심장을 찌르라는 듯이 엄지로 가슴을 찍었다.

빠드득.

단테가 이를 세게 깨물었다. 그도 창을 새로이 보급받아 마지막 기마전을 준비했다. 그가 찌그러진 투구를 다시 썼다.

'힘과 근력에 의존한 기마전. 마상창시합 경험이 적기에 그

런 거겠지. 하지만 분명 전사로는 대단히 뛰어난 놈이다.'

단테는 인정하기 싫었지만, 금방 한 가지 사실을 알았다.

'도보전으로 들어가면 승산이 희박해.'

상대의 역량이 가늠이 갔다. 도보전에 들어가면 얼마나 우악스럽게 싸울지 뻔히 보였다.

'이번 기마전에서 놈을 떨어트린다.'

단테는 창을 꽉 쥐었다. 그가 말고삐를 세게 잡아당겼다. 말이 반응하며 달렸다.

따각.

세 번째 마상창. 관중들은 오랜 볼거리에 환호했다. 결승전이 쉽게 끝났다면 그들도 실망했을 터다.

"누가 이길 것 같냐? 노야."

황제 얀키누스는 그늘 밑에서 시합을 바라봤다.

"그걸 알면 제가 점쟁이를 하고 있겠죠."

페르젠이 어깨를 으쓱했다. 그는 시종에게 경기 상황을 들으며 고개를 끄덕였다.

"노야는 기사 중의 기사잖아. 그 정도는 가늠해야 하지 않겠어?"

"승패는 첫째는 실력에 달렸고, 둘째는 천명에 달린 겁니다. 평생을 검과 함께한 기사라도 눈먼 창과 화살에 죽곤 하죠. 운이 돕지 않으면 실력이 뛰어나도 죽는 법입니다. 실력이 좋다고 반드시 이긴다는 건 허울 좋은 환상이죠."

페르젠은 수없이 봤다. 검술 실력이 대단한 기사들이 허무하게 죽어 나가기도 했다. 훈련을 열심히 하고, 검술을 갈고 닦는다고 오래 살아남으리라는 법은 없다. 악운이든 강운이든 운이 따라야 한다.

"그래서 노야가 루의 축복을 받은 기사라는 말이 있는 거지. 지금까지 전장에서 살아남았잖아?"

얀키누스가 웃었다.

"축복인지 저주인지 알 도리는 없지만요. 우훗훗."

페르젠이 불경스러운 말을 함부로 내뱉었다.

"내 생각에는 말이야. 저 야만인이 이길 것 같군. 악운과 비슷한 무언가가 느껴져. 기세라고 해야 하나? 후광이라고 해야 하나? 그런 게 느껴지는 사람이 종종 있지."

이치로 설명 가능한 개념이 아니었다. 보자마자 직감적으로 느껴지는 무언가다. 사람을 한눈에 보고 어떤 인간인지 파악한다. 첫인상의 판단은 대개 옳다. 그런 걸 직감하는 사람을 보고 '사람을 보는 눈이 좋다'라고 말한다.

'사람을 보는 눈'은 통치자에게 필요한 능력 중 하나다. 하물며 제국의 수장이라면 말할 것도 없다. 아무리 뛰어난 사람이라도 혼자서는 제국을 통치하지 못한다. 사람을 걸러내고 다루는 능력이 필요하다.

"폐하께서 그렇다면 그런 거겠지요. 홋홋."

페르젠이 허리를 두드리며 웃었다. 황제의 핏줄이 범상치 않은 걸까? 아니면 황제라는 자리가 사람을 범상치 않게 만드는 걸까? 페르젠은 세 명의 황제를 모두 보필했었다. 하나같이 괴물 같은 인간들이었다.

'하기야 나도 노괴인 거지.'

남 말 할 처지는 아니었다. 칼밥을 먹은 사람이 이렇게 오래 사는 것도 기괴한 일이었다. 어딘가의 전장에서 시체로 나뒹굴어야 정상이다.

페르젠이 다시 시합으로 눈을 돌렸다. 흐릿한 형체 둘이서 부딪쳤다. 콰당! 하는 소리가 들렸다.

"우와아아아아아!"

환호성이 높아졌다. 두 사람이 동시에 창에 맞아 낙마했다.

꿈틀.

단테와 유릭은 하늘이 빙글빙글 도는 체험을 했다. 떨어진 두 사람이 손가락으로 땅을 더듬으며 엉기적엉기적 일어섰다.

'제법이군. 배짱 있는 돌격이었어.'

유릭은 단테의 필사적인 돌격을 봤었다. 그는 그 창과 마주했다.

뿌득, 뿌득.

유릭은 옆구리가 아린 걸 느꼈다. 그는 겨드랑이 사이로 창 끝을 끼워 넣듯 피하려고 했었다. 하지만 단테가 그 와중에도 창의 궤도를 바꾸며 유릭의 옆구리를 스치듯 강타했다.

둘 다 낙마했지만 기마전은 단테의 승리였다. 유릭이 먼저 창에 맞아서 무게중심이 흔들렸고, 덕택에 유릭의 창은 단테를 툭 건드린 수준이었다.

'아프군.'

유릭의 하얀 겉옷에서 피가 번졌다. 핏물이 올라와 장미처럼 피어났다.

'갑옷과 겉옷에 가려져서 상태를 잘 모르겠지만 꽤 아파.'

유릭은 통증을 참으며 칼을 뽑았다. 한 손으로 적과 마주했다.

"카악, 퉷."

단테도 엉망진창인 건 마찬가지였다. 꽃의 기사라는 별명에 맞지 않게 지저분한 모습이었다. 투구는 찌그러졌고 깃털 장식이 달린 겉옷은 흙 위를 뒹굴어 까맣다.

'뼈가 부러졌나?'

단테도 낙마하면서 다리를 다쳐서 절룩였다. 비명을 지르고 싶을 정도로 아팠다. 운이 나빴다.

'마상창시합에 불과해. 항복하자고.'

속에서 그런 욕망이 솟아났다. 마상창시합에서는 심한 부상을 입으면 기권한다. 목숨을 걸고 싸우는 자리가 아니다.

"하지만……."

아까웠다. 단테는 유릭의 옆구리에 창을 제대로 꽂아 넣었다. 유릭의 부상 부위가 피로 물들었다. 유릭도 상당한 중상이다.

'다 이긴 시합이야. 저 출혈로는 얼마 버티지 못해.'

단테가 눈을 떴다. 하늘을 잠시 쳐다봤다.

"루여, 왕이여, 영광이여."

단테가 읊조리며 칼을 뽑았다.

키이이잉.

쇳소리가 날카롭게 퍼졌다. 단테와 유릭이 서로를 향해 저벅저벅 걸어갔다.

'놈은 옆구리의 부상을 입었어. 저런 상처라면 움직이는 게 부자연스러울 거다. 내 다리도 마찬가지지만.'

단테는 자신의 오판을 금방 알았다. 유릭의 첫 공격을 막아내면서 온몸이 짓눌리는 충격을 받았다.

캉!

단테의 다리가 무너질 듯 휘청거렸다.

'묵직해. 제기랄. 부상을 입은 게 맞긴 한 거냐?'

유릭은 기계적으로 단테의 칼을 공격했다. 그는 일방적으로 단테를 밀어냈다. 어느새 단테는 꽤 멀리 밀려났다.

"주워."

유릭이 깊은 숨을 토하며 말했다. 그가 투구를 벗어 던지며 몇 걸음 뒤로 물러났다.

"뭐?"

단테가 반문했다. 유릭이 턱짓을 하며 땅바닥에 떨어진 방패를 가리켰다. 단테가 제일 처음 버린 방패였다.

"그걸 줍지 않으면 넌 나와 동등하지 않아. 그 정도의 격차가 너와 나 사이에 있다. 알았냐?"

유릭이 칼을 한 바퀴 빙글 돌리며 지팡이처럼 땅에 세웠다. 그가 여유 있게 단테가 방패를 줍는 걸 기다렸다.

'자존심 문제다. 줍지 않아.'

단테는 방패를 주울 생각이 없었다. 그가 유릭에게 달려들었다.

캉!

유릭이 재차 칼을 휘둘러서 단테를 다시 밀어내 방패 옆으로 보냈다.

"……주워."

유릭이 방패를 발끝으로 걷어차 올렸다.

관중들도 유릭이 무슨 짓을 하는지 알았다. 단테가 방패를 줍도록 유릭이 강요했다.

"하하하! 노야! 저거 보여? 하기야 그 눈깔로는 보이지 않겠지!"

황제 얀키누스가 배를 잡으며 웃었다. 눈물이 쏙 나올 정도로 웃음이 컸다.

"보이진 않아도 상황은 압니다. 폐하."

놀림받은 페르젠이 툴툴거렸다. 얀키누스는 아랑곳하지 않고 상체를 앞으로 당기며 시합 관람에 집중했다.

"항복하거나 방패를 들지 않으면 시합이고 뭐고 이 자리에서 널 죽여 버리겠어. 넌 내게 모욕을 줬거든. 기사 단테."

유릭이 마지막으로 경고했다. 단테가 침을 꿀꺽 삼켰다. 유릭의 말이 농담 같지 않았다.

"으. 으윽."

단테가 신음했다. 그가 유릭에게 시선을 고정한 채로 상체만 숙여서 방패를 잡았다.

"우우우우우!"

"처음에 보여준 건 객기였냐?"

"그러고도 기사냐!"

단테가 방패를 잡자마자 야유가 쏟아졌다. 여인들도 실망한 얼굴로 단테를 쳐다봤다.

'빌어먹을.'

단테가 욕설을 내뱉었다. 그가 방패를 들자마자 유릭이 짐승처럼 뛰어올라 달려들었다. 단테의 손목을 노려서 칼을 놓치게 만들었고, 단테의 방패를 밀어내듯 걷어찼다.

쿵!

유릭의 앞발 차기에 밀린 단테가 벽에 부딪혔다. 그는 눈동자만 굴려서 유릭의 공격을 바라봤다.

'방패만 있어도 충분해!'

칼은 놓쳤지만 방패도 좋은 공격 무기다. 단테가 방패의 모서리로 유릭을 찍으려고 했다. 유릭이 상체를 뒤로 젖히며 방패 모서리를 피했다.

툭!

뒤로 몸을 젖힌 유릭이 보지도 않고 칼을 가볍게 휘둘렀다. 이미 그의 머릿속에 상황이 그려졌다. 보지 않아도 맞힐 자신이 있었다.

유릭의 칼이 방패 안쪽으로 파고들었다. 뭉툭한 칼끝이 단테의 목젖을 후려쳤다.

"카악!"

단테가 비명을 지르며 목을 부여잡았다. 승패는 났다. 우승자는 유릭이었다. 나팔수가 길게 나팔을 세 번 나눠서 불었고 관중들이 유릭의 이름을 외쳤다.

"이 굴욕은 잊지 않겠다. 네 이름을 잊지 않겠어, 유릭."

멍든 목을 붙잡은 단테가 씩씩거리며 외쳤다. 유릭은 흥미를 잃은 표정으로 단테를 쳐다보곤 경기장에서 퇴장했다. 더 이상 마상창시합에 대한 흥미도 잃었다.

'죽이지 못하는 싸움.'

마상창시합에서 고의적으로 사람을 죽이면 안 된다. 유릭은 그 한계를 금방 알았다. 저건 진짜 싸움이 아니었다.

"……이제 재미없군."

유릭은 진짜 전장이 그리웠다. 피가 끓다가 식은 기분이었다.

to be continued

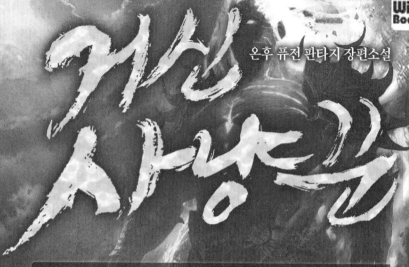

온후 퓨전 판타지 장편소설

최후의 영웅.
500명의 영웅 중 살아남은 건 오한성뿐이었다.

그리고 그마저 모든 것을 놓은 순간.

과거로 돌아왔다.

목숨을 걸어야 한다면 걸겠다.
그것이 이 모든 좌절과 절망을 지워 버리는 길이라면,
더 이상 영웅이 아닌, 승리를 위한 악당이 되겠다!

"준비는 끝났다."

영웅과 악당, 신과 악마, 모든 변화의 중심.
그의 일대기에 주목하라.